Peter Kuhlemann

Das Meer

videel

ISBN 3-89906-221-3

Schmiedestr. 13 - 25899 Niebüll
Tel.: 04661 - 900115, Fax: 04661 - 900179
eMail: info@videel.de
http://www.videel.de

Gesamtherstellung: videel, Niebüll

Inhaltsverzeichnis

Wenn abends die Sonne hinter der »Kimm« versinkt, wenn die Brandung aufläuft, wenn der Strand einsam geworden ist, ahnt man die Weite des Meeres. Es lockt und droht zugleich.

Die Weltmeere

Ozeane und Kontinente

Unser Planet sollte eigentlich nicht »Erde« heißen, denn fast drei Viertel der Erdoberfläche sind vom Wasser der Ozeane (Weltmeere) bedeckt.

Die Astronauten sehen die Erde von ihren Raumschiffen aus als blaue Kugel mit hellen und dunklen Flecken. Die großen blauen Flächen sind die Ozeane: der Atlantische, der Pazifische (oder Stille Ozean) und der Indische Ozean. Die »Flecken« sind die Kontinente (Erdteile) Europa/Asien, Afrika, Amerika, Australien und die Antarktis.

In alten Seemannsliedern singt man von den »sieben Meeren« – man hatte die Rand- und die Nebenmeere der großen Ozeane mitgezählt, z. B. das **Mittelmeer.** Das Mittelmeer war im Altertum das Zentrum unserer damals bekannten Welt. An seinen Küsten entstanden und vergingen die Reiche der Griechen, Karthager und Ägypter, das Römische Weltreich und später das Osmanische Reich.

Solche Nebenmeere sind vor Norddeutschlands Küsten die **Nordsee** und die **Ostsee.** Das **Schwarze Meer** ist ebenfalls ein Nebenmeer des Atlantischen Ozeans, genauso wie das Karibische Meer mit seiner malerischen Inselwelt.

Erst vor etwa 500 Jahren begann die Entdeckung fremder Meere und Erdteile. Noch Christoph Kolumbus dachte, man müsse nur geradewegs nach Westen segeln, um Indien auf dem direkten Seeweg zu erreichen. Er konnte nicht wissen, daß zwischen Atlantik und Asien noch der ganze amerikanische Kontinent und die fast endlose Wasserwüste des Pazifik liegen. Und so heißen Amerikas Ureinwohner noch immer »Indianer« oder »Indios« ...

Heute weiß man auf unserer Erde besser Bescheid: Die Erdteile sind durch die drei Ozeane und ihre Randmeere voneinander getrennt. Manchmal beträgt die Entfernung von Erdteil zu Erdteil Tausende von Kilometern, manchmal trennt sie nur eine Wasserstraße – Meerenge – von wenigen Kilometern Breite (Bosporus: 0,7 km bis 3 km breit; Straße von Gibraltar: 14 km bis 44 km breit; Beringstraße 75 km bis 100 km breit).

Eine ganz besondere Wasserstraße zwischen zwei Erdteilen gibt es erst seit 1869: den Suezkanal mit einem afrikanischen und einem asiatischen Ufer.

Die Weltmeere dagegen haben keine Grenzen. Man kann meist kaum bestimmen, wo das eine anfängt und das andere aufhört. Alle fließen sie ineinander. Nur ihre ungefähre Ausdehnung kann man beschreiben.

Doch vor dem Weiterlesen sollte man sich am besten den Globus holen oder auch nur eine Weltkarte im Atlas aufschlagen. So kann man sich die Lage der Ozane und ihre Größenverhältnisse besser vorstellen.

Der Atlantische Ozean

Vor fast 2500 Jahren erzählte der griechische Philosoph Plato die Geschichte von einem wunderbaren Inselreich namens »Atlantis«. Es soll außerhalb der »Säulen des Herkules«, (der Meerenge von Gibraltar) gelegen haben und noch viele tausend Jahre zuvor mit all seinen Bewohnern und unvorstellbaren Schätzen im Meer versunken sein. Viele Seefahrer und Abenteurer haben im »Atlantischen« Ozean nach der geheimnisvollen Insel geforscht, viele Bücher wurden über Atlantis geschrieben, mancher Film darüber gedreht.

Gefunden hat man Atlantis nie. Im Atlantischen Ozean, dem das sagenhafte,

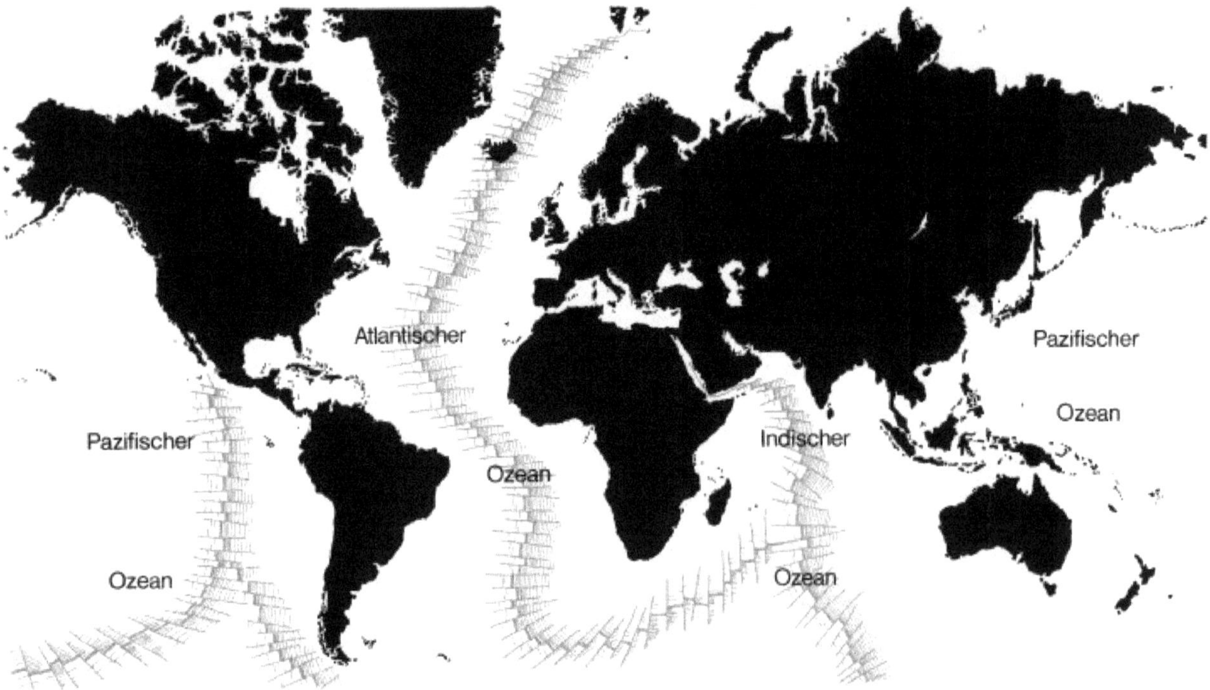

Die Weltmeere mit den ozeanischen Gebirgsrücken (blaue Farbe).

erdteilgroße Inselreich seinen Namen gab, ist die Erinnerung erhalten geblieben. Nicht wenige Wissenschaftler halten jedoch die bei einem gewaltigen Vulkanausbruch untergegangenen Mittelmeerinsel Santorin für das historische »Atlantis«.

Der Atlantische Ozean liegt zwischen Europa, Afrika und Amerika. Er erstreckt sich vom Nordpolarmeer bis zur Antarktis.

An seiner schmalsten Stelle zwischen der afrikanische Westküste und der Nordostküste von Brasilien ist er etwa 3000 km breit. Die Segelschiffe der Sklavenhändler des 17. und 18. Jahrhunderts brauchten für diese Strecke mit ihrer traurigen Fracht drei bis vier Wochen.

Am breitesten ist der Atlantik zwischen Spanien und Mexiko, nämlich ca. 8000 km. Als Kolumbus im Jahre 1492 auf der vergleichbar langen Strecke endlich die Insel Guanahani erreichte, war er genau 70 Tage lang gesegelt. Moderne Überseeschiffe würden für diese Entfernung bei einer Reisegeschwindigkeit von 20 Knoten/Stunde (= 36,5 km/h) etwa 9 Tage brauchen. Ein Langstrecken-Jet bewältigt die Reisestrecke des Kolumbus allerdings in ungefähr 10 Stunden.

In der Handelsschiffahrt der Welt hält der Atlantikverkehr die Spitze: Etwa 70% aller Handels- und Passagierschiffslinien verkehren auf diesem Ozean.

Der Indische Ozean

ist das kleinste der Weltmeere. Seine Fläche beträgt »nur« 75 Mill. km^2, d. h. auf dieser Fläche könnte man die Bundesrepublik Deutschland 270mal unterbringen! Der Indische Ozean erstreckt sich von der indischen Küste (daher der Name!) im Norden fast 10 000 km bis ins Südpolarmeer. Seine Ost-West-Ausdehnung von der afrikanischen Küste bis nach Australien beträgt über 8000 km.

In den vergangenen Jahrhunderten war der Indische Ozean die große Wasserstraße für den Transport der Reichtümer des Orients nach dem Abendland. Dabei waren die Schiffe der großen Handelsgesellschaften oft wochenlang

Die Ozeane und ihre Nebenmeere	Fläche in Mill. km^2
Pazifischer Ozean	166,24
Korallenmeer	4,79
Südchinesisches Meer	3,68
Bering-Meer	2,26
Ochotskisches Meer	1,39
Gelbes und Ostchinesisches Meer	1,20
Arafura-See	1,04
Japanisches Meer	1,01
Atlantischer Ozean	85,62
Karibisches Meer	2,75
Mittelländisches Meer	2,51
Golf von Mexiko	1,54
Nordsee	0,58
Schwarzes Meer	0,51
Ostsee	0,38
Irische See	0,10
Indischer Ozean	73,43
Rotes Meer	0,45
Persischer Golf	0,24
Nordpolarmeer	9,49
Hudson Bay	1,23
Baffin Bay	0,69
Insgesamt	361,13

Durch den Passatwind bedingt gibt es im Pazifik besonders hohe und weit auslaufende Brandungswellen – wie hier auf Hawaii – ein Paradies für Wellensurfer.

unterwegs. Ihre beschwerliche Reise aus dem Mittleren und Fernen Osten führte über den Indischen Ozean, um ganz Afrika herum, nach Europa.

Erst durch den Bau des Suezkanals wurde diese Reise um 9000 km kürzer. Diese kurze Verbindung vom Indischen Ozean zum Mittelmeer wird heute besonders von den Tankschiffen genützt, die das Erdöl aus dem Persischen Golf nach Europa bringen.

Gegenüber dem Kolonialzeitalter ist die Bedeutung des Indischen Ozeans als Schiffahrtsweg in der neueren Zeit zurückgegangen. Nur noch 10% des Welthochseeverkehrs entfallen auf den Indischen Ozean.

Der Pazifische Ozean

wird auch »Stiller« oder »Großer Ozean« genannt. Mit 180 Mill. km^2 ist er so groß wie der Atlantik und der Indische Ozean zusammen. Er bedeckt damit ein Drittel der Erdoberfläche.

Der Pazifik erstreckt sich zwischen Asien und Australien im Westen und Amerika im Osten; im Norden reicht er hinauf bis zur Beringstraße, der Durchfahrt zwischen Sibirien und Alaska ins Nordmeer. Im Süden erstreckt sich der Pazifik bis in die Antarktis. Ost/West- und Nord/Süd-Ausdehnung sind etwa gleich: je 15 000 km.

Auch was die Meerestiefe betrifft, hält der Pazifik jeden Rekord mit der tiefsten Stelle, die jemals in einem Ozean gemessen wurde, nämlich 11 034 m.

Trotz seines Namens ist der Stille oder Pazifische Ozean keineswegs friedlich und still. Er ist im Gegenteil wegen seiner plötzlich auftretenden heftigen Stürme besonders gefürchtet. Seinen Namen erhielt dieser Ozean vom Weltumsegler Fernão Magalhães. Diesem gelang 1520/21 die Überquerung des Großen Ozeans. Dabei geriet sein Schiff nach stürmischen Winden auf dem Atlantischen Ozean dann im Großen Ozean mehrfach in lange Zeiten der Windstille. Magalhães nannte dieses Meer daher »mare pacificum«, das »friedliche Meer«.

Den in tropischen Breiten liegenden Teil des Pazifik mit seiner romantischen Inselwelt nennt man »Südsee«, ein beliebtes Urlaubsziel.

Die Entstehung der Weltmeere

Wo kam das viele Wasser her?

Über die Entstehung der Meere haben die Wissenschaftler verschiedene Theorien. Manche Forscher vermuten folgendes:

In der Urzeit, also vor Milliarden Jahren, war die Erde ein Feuerball aus glühendflüssigem Gestein. Sie wurde von einer Gaswolke umhüllt, die u. a. auch große Mengen **Wasserdampf** enthielt. Langsam kühlte sich die Erde ab, und eine äußere Kruste des Feuerballs erstarrte. Einzelne, schwerere Gesteinsschichten sanken in die noch weichen Schichten ein.

Als sich die Erde weiter abkühlte, fielen aus der Wolkenhülle ungeheure Regenfluten auf die Erde herab. Zuerst verdampfte das Wasser auf der noch heißen Erdoberfläche. Aber es regnete weiter, jahrelang, jahrhundertelang, wahrscheinlich jahrtausendelang. Es muß eine wahre Sintflut gewesen sein!

Dabei sind vermutlich die Temperaturen der Erdkruste weiter zurückgegangen, so daß der Verdampfungsprozeß ganz allmählich aufhörte. In den Senken der Erdoberfläche konnte sich das Wasser sammeln und nach und nach ansteigen. Als die Regenfluten vielleicht nach einigen zehntausend Jahren aufhörten, war die Erde zum größten Teil vom Urmeer bedeckt.

Mit dem Vorhandensein genügend großer Wassermengen war die Entstehung pflanzlichen und tierischen Lebens auf der Erde erst möglich geworden.

»Landschaft unter Wasser«

Vom Schelf zur Tiefsee

Der Meeresboden gehört immer noch zu den geheimnisvollsten Bereichen unserer Erde. Als vor über hundert Jahren die großen Überseekabel verlegt wurden, sind auch die Tiefen der Ozeane gemessen worden. Doch von der »Landschaft unter Wasser« erfuhr man dabei noch wenig.

Zur Zeit der großen Weltumsegler und Entdecker dachten die Menschen, der Meeresgrund gleiche dem Boden einer riesigen, flachen Schüssel. Wir wissen heute, daß dies nicht so ist. Leider ist das Meerwasser schon nach wenigen Metern Tiefe recht undurchsichtig. Daher können wir auch nicht von Bord eines Schiffes hinunterblicken bis zum Ozeanboden. Sonst würden wir dort hohe Felsen und tiefe Gräben, weite Ebenen, Berge und Täler erkennen.

Die Fachleute unterscheiden drei Zonen des Meeresbodens:

1. Kontinentalschelf
2. Kontinentalabhang
3. Ozeanboden

Der Kontinentalschelf

gehört eigentlich noch zum Festland: Ganz allmählich fällt hier der Meeresboden von der Küste bis in eine Tiefe von etwa 200 m ab. Der Schelfgürtel, der die Kontinente umgibt, kann – z. B. in der Nordsee – mehrere hundert Kilometer breit sein.

Der Kontinentalabhang

Vom Schelfgürtel aus fällt der Meeresboden wesentlich steiler zur Tiefsee – bis auf 3500–4000 m – ab. Diesen Bereich nennt man Kontinentalhang. Hier dringt das Sonnenlicht nicht mehr bis zum Meeresboden vor. Daher hört hier das pflanzliche Leben auf. Die Tiere dieser Tiefen sind ausnahmslos Fleischfresser.

Die Tiefseebecken und Tiefseegebirge

An die Kontinentalabhänge grenzen die Tiefseebecken der Ozeane. Aber auch sie sind nicht überall »eben«! Aus ihnen erheben sich hohe Tiefseegebirge. Das bekannteste, der Mittelozeanische Gebirgszug, hat eine Gesamtlänge von über 60 000 Kilometern. Er erstreckt sich, von breiten Längsgräben durchzogen und mehrfach unterbrochen, zunächst vom Nordpolarmeer durch den ganzen Atlantik.

Hier heißt dieser Teil des großen Tiefseegebirges auch »Mittelatlantischer Rücken«. Dieser biegt dann unter der Südspitze Afrikas nach Osten in den Indischen Ozean, verläuft weiter südlich an Australien vorbei in Richtung südamerikanischer Küste. Nun wendet sich der große Mittelozeanische Rükken nach Norden zum Golf von Kalifornien und setzt sich an der nordamerikanischen Westküste fort (siehe S. 6).

Dieser Gebirgszug, der sich so durch alle drei Weltmeere zieht, erhebt sich etwa 3000 Meter über den Meeresboden, stellenweise sogar noch höher. Einige Inseln sind in Wirklichkeit Erhebungen der Tiefseegebirge über den Meeresspiegel, z. B. Island, die Azoren, die Hawaii-Inseln und noch viele andere Inseln im Atlantischen und Pazifischen Ozean.

»Unruhige Erde«

Zu den interessantesten Gebieten des Meeresbodens gehören die **Tiefseegräben** oder Ozeanischen Gräben. Es sind außerordentlich tiefe, schmale Einsenkungen, die vor allem in der Nähe der Kontinentalränder vorkommen. Diese Gräben erreichen oft Tiefen von mehreren tausend Metern. Im Marianengraben (Pazifischer Ozean) könnte man in über 11 000 Meter Tiefe den Mount Everest mühelos verschwinden lassen.

Im Bereich dieser Tiefseegräben ist die Erde noch nicht zur Ruhe gekommen. Die häufigen Erd- und Seebeben und die zahlreichen **Vulkanausbrüche** über und unter der Wasseroberfläche sind deutliche Anzeichen für eine noch recht labile Erdkruste.

Dazu gibt es folgende wissenschaftliche Vermutung: Alle Kontinente schwimmen auf einer flüssigen Magmaschicht (Magma = das glühendflüssige Erdinnere). Während in den Tiefseegräben ständig große Erdmassen versinken, taucht an den Tiefseerücken vulkanisches Magma empor. Das bewirkt eine Magmaströmung auch unter den Kontinenten und setzt diese damit in Bewegung: Sie schwimmen aufeinander zu oder voneinander weg. Man nennt diese Bewegungen der Erdteile **Kontinentalverdriftung.**

Sichtbare Merkmale der Kontinentalverdriftung finden sich an verschiedenen Stellen unserer Erde. Ganz besonders eindrucksvoll zeigt sich die Erscheinung in den Satellitenbildern, die über dem Roten Meer aufgenommen wurden.

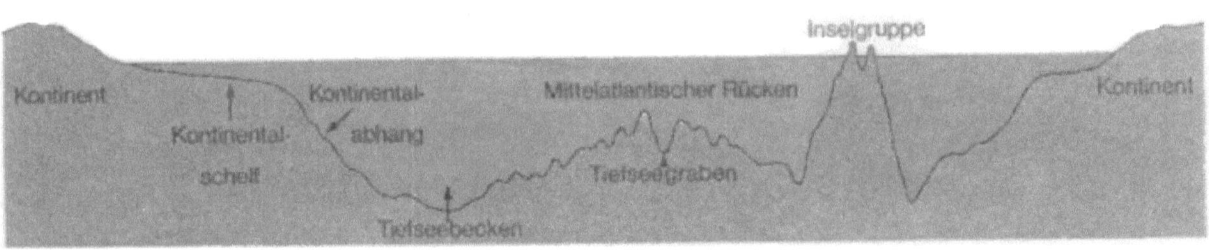

Vom Schelf zur Tiefsee – Schnitt durch den Atlantik mit den Azoren (Schematische Darstellung).

Vor einigen Jahren überschüttete ein ausbrechender Vulkan die isländische Stadt Hemoi mit einem Aschenregen. Die Feuerwehren konnten den glühenden Lavastrom mit Hilfe großer Wassermengen stoppen, bevor er die Stadt erreichte.

Der Meeresboden

Im Bereich des Schelf ist der Meeresboden, besonders im Küstenbereich, über weite Strecken mit Sand bedeckt. Die Meereswellen haben Küstengestein losgelöst und nach und nach zu feinen Sandkörnchen zermahlen oder Sand wurde durch die Flüsse als »Geschiebe« abgelagert.

Nur an wenigen Stellen zeigt der Meeresboden den freigelegten Fels, wie wir ihn z. B. in den Alpen oberhalb der Vegetationsgrenze finden.

Der größte Teil des Meeresbodens ist von einer dicken Schlammschicht bedeckt. Diese Schlammschicht besteht vor allem aus den Überresten von unzähligen kleinsten Lebewesen, die nach dem Absterben auf den Meeresboden sanken.

Diese **Sinkstoffe** oder **Sedimente** haben im Laufe der Millionen von Jahren dicke Schichten gebildet. Man hat schon Sedimentschichten von 500 Metern Dicke gemessen. Dabei wächst die Sedimentschicht in jedem Jahrtausend nur um wenige Zentimeter. So kann man sich vorstellen, wie alt die Schichten des Ozeanbodens sind.

Auch aus der Beschaffenheit dieser Schichten läßt sich ihr Alter bestimmen. In größeren Tiefen werden die Überreste der kleinen Meerestierchen aufgelöst, und sie verwandeln sich im Lauf von Millionen von Jahren in Tonerde.

Die großen Ströme der Erde und der Wind über den Wüstenländern tragen ebenfalls Sinkstoffe weit hinaus auf den Meeresboden.

Das britische Forschungsschiff »Challenger« holte vor über hundert Jahren zum ersten Mal systematisch Proben vom Meeresboden an die Oberfläche.

Ein Bild aus dem Weltraum, das die Kontinentalverdriftung zwischen Afrika und Asien deutlich zeigt (Rotes Meer, Golf v. Aden).

Das Meerwasser

Wie wurde das Meer versalzen?

So ganz genau weiß man das auch heute nicht. Die Urmeere müssen zuerst kaum salzig gewesen sein. Aber Regen und Sickerwasser lösten nach und nach Mineralstoffe aus dem Gestein der Kontinente. Die Flüsse brachten die gelösten Stoffe – vor allem Salze – ins Meer. Da aus dem Meer immer nur reines Wasser verdunstet, während der Zufluß von gelösten Stoffen seit Millionen von Jahren anhält, ist der Salzgehalt der Ozeane immer größer geworden.

Heute beträgt er im Durchschnitt 3,5%, das ist etwa ein Eierbecher voll Salz auf einen Liter Meerwasser. Das Meersalz ist eine Mischung verschiedener Stoffe. Es enthält fast 80% Kochsalz (Natriumchlorid) und ca. 8% Magnesiumchlorid, dazu noch viele andere Elemente, sogar Spuren von Gold.

Der Salzgehalt der Meere ist unterschiedlich. So hat die Ostsee kaum 1% Salzgehalt. Das liegt einmal daran, daß dieses Binnenmeer kaum Wasseraustausch mit dem Weltmeer hat, zum anderen wird es durch den Zustrom von Flußwasser »ausgesüßt«.

Umgekehrt liegt der Salzgehalt mancher Meere weit über dem Durchschnittswert (Mittelmeer bis 4%, Kaspisches Meer 12–13%). Hier verdunstet durch die hohe Sonneneinstrahlung viel Wasser, während der Zufluß von Süßwasser gering ist. Ein bekanntes Beispiel für extrem hohen Salzgehalt ist das Wasser des Toten Meeres mit 24%.

Salzgewinnung

An warmen Küsten wird das Meersalz in großen Verdunstungsbecken (»Salzgärten«) gewonnen. Allerdings muß dieses Rohsalz noch weiter bearbeitet (»raffiniert«) werden, um reines Speisesalz zu erhalten.

Der größte Teil des Welt-Salzbedarfes wird allerdings bergmännisch abgebaut. Als Steinsalz findet es sich in großen Salzstöcken unter der Erdoberfläche. Auch hier handelt es sich um Salz aus dem Meer, nämlich um Ablagerungen von Urmeeren früher erdgeschichtlicher Zeit, die gebirgsbildend geworden sind.

Ortsnamen auf Hall-, -hall und Salzdeuten im deutschen Sprachgebiet auf Steinsalzlager oder salzhaltige Quellen hin (Halle, Reichenhall, Salzgitter).

Die Schichtung des Meerwassers

Das Meerwasser nahe der Oberfläche wird vom Wind bewegt, mit Luftsauerstoff gemischt und von der Sonneneinstrahlung erwärmt. Daher haben unsere Weltmeere ganz unterschiedliche Oberflächentemperaturen: In der Nähe des Äquators bis +30 °C, in der Arktis bis −1 °C.

Die Temperaturen des Tiefenwassers sind überall gleich, in den Polarmeeren wie in den Tropen. Sie nehmen von oben nach unten langsam ab. In 1000 m Tiefe mißt man +5 °C, in 4000 m Tiefe sind es nur noch +1,5 °C.

Durch den Wellengang, der bei Sturm eine Tiefenwirkung bis zu 150 Metern haben kann, wird warmes Oberflächenwasser in die Tiefe gebracht. Auch durch Meeresströmungen gelangt erwärmtes Wasser in tiefere Schichten. Das kalte Wasser der Polargebiete ist schwerer und sinkt herab. Warmes Wasser der Äquatorialgebiete fließt nach. So haben wir in den oberen Meeresschichten eine Strömung des warmen Wassers zu den Polen und eine Tiefenströmung polaren Wassers hin zu den Tropen.

Auch die Erdumdrehung erzeugt Strömungen, die Einfluß auf die Schichtung des Meerwassers haben.

Auf recht einfache Art gewinnt man hier an der portugiesischen Küste das Meersalz. Es gibt allerdings auch schon »Salzgärten« mit fast industrieller Verfahrenstechnik.

Eis und Eisberge

Während Süßwasser bei 0 °C gefriert, verwandelt sich Salzwasser erst bei −2 °C in Eis.

Über dem Nordpolarmeer herrschen im Sommer Lufttemperaturen knapp über Null Grad, im Winter bis −45 °C. So liegt das Nordpolarmeer ständig unter einer 3–4 Meter dicken Eisschicht.

Dieses **Polareis** wird von den Meeresströmungen bewegt, zerbricht dadurch häufig, driftet auseinander, friert wieder zusammen. Auf diese Weise entstehen die übereinander geschobenen Packeisschichten. Am Rande der Polareisdecke brechen laufend einzelne Schollen verschiedener Größe ab und bilden **Treibeis,** das eine ständige Gefahr für die Schiffahrt darstellt.

Drei Jahre lang, von 1893–1896 ließ der norwegische Forscher Fridtjof Nansen sein Schiff »Fram« durch das Eis des Nordmeeres driften.

Im Jahre 1958 unterfuhr das erste mit Kernenergie betriebene amerikanische Unterseeboot »Nautilus« die schwimmende Eiskappe des Nordpols in vier Tagen.

Im Südpolargebiet dringen die Massen des Inlandeises vom Festland über die Küsten ins Meer hinaus. Dort frieren sie mit dem Meerwasser zusammen und bilden eine Schelfeisdecke, die bis zu 300 Meter mächtig ist. Auch hier entstehen am Rand ausgedehnte Treibeisfelder.

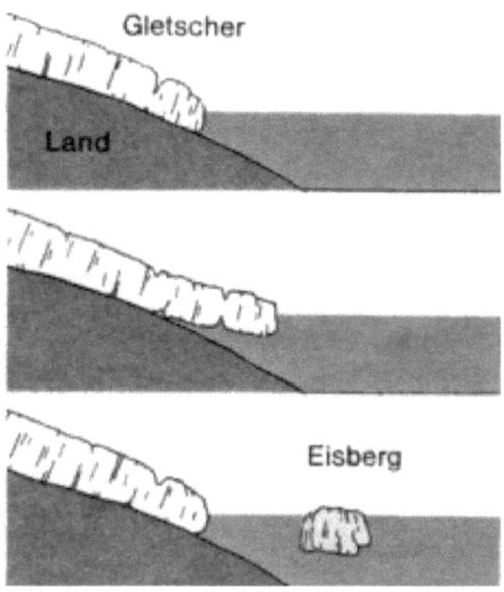

Die Entstehung eines Eisberges. Schiebt sich ein Gletscher ins Meer, dann erfährt die Eiszunge einen Auftrieb und bricht ab. Der Gletscher »kalbt«.

Vom Inlandeis Grönlands bewegen sich die Eismassen als Gletscher talwärts zur Küste. Dort treffen sie auf das Meerwasser, werden durch ihr niedrigeres spezifisches Gewicht beim Schwimmen angehoben und brechen dadurch ab.

Sowohl die Eisblöcke des antarktischen Schelfeises als auch das grönländische Gletschereis bilden eine heimtückische Gefahrenquelle für die internationale Seeschiffahrt: Diese riesigen Eisberge treiben weit nach Norden bzw. Süden in den Ozean; nur der kleine Teil von ihnen ist oberhalb der Wasserlinie sichtbar. Eisberge waren schon Ursache für größte Schiffskatastrophen (Untergang der Titanic 1912).

Eine Eiskarte – nicht vom Konditor

Flugzeuge, Beobachtungsschiffe, sogar im Weltraum stationierte Satelliten sind heute ständig damit beschäftigt, die Eisberge zu beobachten. Die Bewegungen der Eisberge werden dabei in eine **»Eiskarte«** eingetragen. Die Eiskarte steht wie die Wetterkarte den Schiffsführern als wichtige Navigationshilfe zur Verfügung. Dazu kommt noch die Ausrüstung der Schiffe mit Radaranlagen, welche die Eisberge rechtzeitig erkennen lassen und ein gefahrloses Ausweichen ermöglichen.

Tatsächlich ist in den letzten Jahren kein durch einen Eisberg verursachtes Schiffsunglück mehr vorgekommen.

Nur die »Spitze des Eisbergs« ist sichtbar – der größte Teil treibt unter Wasser – eine ständige Gefahr für die Schiffahrt. Man denkt heute bereits darüber nach, Eisberge in wärmere Breiten zu schleppen und dort zur Süßwassergewinnung zu verwenden.

Die Gezeiten

Ebbe und Flut

Fast an allen Meeresküsten kann man die Gezeiten beobachten: Der Wasserstand schwankt in regelmäßig wiederkehrenden Abständen. Das Wasser des Meeres steigt etwa 6 Stunden lang an, dann senkt sich der Wasserspiegel wieder 6 Stunden lang. Das wiederholt sich an den meisten Küsten der Erde täglich zweimal.

Dieses rhythmische Steigen und Fallen des Meeresspiegels nennt man die Gezeiten. Das Ansteigen des Wassers ist die **Flut**, das Fallen die **Ebbe**. Der Zeitraum, den Ebbe und Flut zusammen einnehmen, nennt man die **Tide**.

Steigendes Wasser erzeugt einen Flutstrom zum Lande hin, fallendes Wasser einen Ebbstrom hinaus ins offene Meer. Daher kann es an manchen Stränden lebensgefährlich sein, bei nahender Ebbe ins Meer hinauszuschwimmen.

Der Tidenhub

Den Höhenunterschied zwischen den beiden Wasserständen bei Ebbe und bei Flut nennt man den Tidenhub. Er beträgt im offenen Meer nur 0,5 bis 1 Meter. Vor den Küsten – besonders in trichterförmigen Flußmündungen und engen Buchten wächst er an, weil sich hier die auflaufenden Wassermassen stauen:

Mittlerer Tidenhub	
Sylt (Ellenbogen)	1,60 m
Sylt (Rantum)	2,00 m
Helgoland	2,25 m
Glückstadt	2,60 m
Wyk auf Föhr	2,60 m
Cuxhaven	2,82 m
Büsum	3,20 m
Hamburger Hafen	2,35 m
Bremerhaven	3,83 m
St. Malo (Bretagne)	15 m
Fundy-Bucht (Kanada)	20 m

Ein besonders eindrucksvolles Beispiel für den Tidenhub ist das Kloster Mont St. Michel in der gleichnamigen Bucht an der nordfranzösischen Küste. Bei Ebbe ragt der Berg weit aus dem umgebenden Küstensand. Bei Flut schaut nur der Klosterfelsen mit den wenigen Häusern und der charakteristischen Kirche wie ein Inselchen aus dem Meer und ist nur über einen Straßendamm erreichbar.

Tidehafen oder Dockhafen?

Der Tidenhub ist auch für die Anlage von Seehäfen von Bedeutung. Bei großen Gezeitenunterschieden müssen die Kaimauern und Verladeanlagen sehr hoch gebaut werden, damit sie sowohl bei hohem als auch bei niedrigem Wasserstand (= »Pegel«) benutzbar sind. Oft ist es günstiger, mit Schleusentoren das Hafenbecken zu schließen und das Hochwasser »einzusperren«. Diese Häfen nennt man »Dockhäfen« (u. a. Bremerhaven, London, Liverpool).

Es gibt aber auch Küsten mit geringem Tidenhub. An der Ostseeküste beträgt er nur wenige Zentimeter, an den Küsten des Mittelmeeres etwa 0,5 Meter.

Gezeitenkalender **Sylt-Ost Kelt**
nach Vorausberechnungen des Deutschen Hydro
phischen Instituts, Hamburg. Ohne Gew

März HW		März NW		Tag	April HW		April NW
03 51	16 23	10 15	22 27	1	05 52	18 15	— —
04 35	17 06	10 58	23 07	2	06 28	18 48	00 15
05 17	17 45	11 36	23 44	3	07 03	19 19	00 47
05 56	18 22	— —	12 10	4	07 38	19 53	01 19
06 33	18 56	00 18	12 41	5	08 19	20 36	01 55
07 11	19 31	00 51	13 10	6	09 13	21 38	02 43
07 54	20 17	01 28	13 49	7	10 29	23 00	03 54
08 54	21 25	02 21	14 51	8	11 57	— —	05 24
10 15	22 51	03 40	16 18	9	00 26	13 16	06 50
11 44	— —	05 14	17 47	10	01 34	14 12	07 52
00 13	12 58	06 35	18 57	11	02 23	14 53	08 3
01 15	13 49	07 30	19 45	12	03 04	15 29	09 1
02 00	14 26	08 10	20 23	13	03 40	16 03	09 5
02 37	14 59	08 46	20 59	14	04 14	16 37	10 2
03 10	15 32	09 22	21 33	15	04 47	17 10	10 5
03 43	16 05	09 55	22 04	16	05 22	17 43	11
04 15	16 38	10 26	22 35	17	05 58	18 17	—
04 49	17 11	10 58	23 08	18	06 37	18 54	00
05 23	17 45	11 31	23 42	19	07 21	19 37	01
05 58	18 17	— —	12 02	20	08 12	20 33	01
06 32	18 50	00 14	12 32	21	09 19	21 47	02
[illegible]	[illegible]	[illegible]	[illegible]	22	10 45	23 15	04

Gezeitenkalender
HW = Hochwasser
NW = Niedrigwasser.

Diese Kutter sind bei Niedrigwasser (Ebbe) »trockengefallen«. Wenn die nächste Flut einsetzt, können sie zum Fang auslaufen. Rechts das Außenende einer Hafenmole.

Wie Ebbe und Flut entstehen

Die Ursache für die regelmäßigen Veränderungen des Meeresspiegels sind die Anziehungskräfte des **Mondes** und – wenn auch in geringerem Maße – der **Sonne**. Auf der Erdseite, die jeweils dem Mond zugewandt ist, wirkt die Anziehungskraft des kleinen Planeten auf die Wassermassen am stärksten: Es herrscht Flut. Gleichzeitig kommt es noch auf der Gegenseite des Globus durch Fliehkräfte zu einem weiteren Wasserberg, wobei die Wassermassen beiderseits von den Polgebieten weg und zur Erdmitte hingezogen werden.

Würde der Mond stillstehen, und sich nur die Erde um die eigene Achse drehen, dann müßte der Gezeitenwechsel nach einem exakten 6-Stunden-Fahrplan ablaufen. Da sich der Mond außerdem noch in 28 Tagen einmal um die Erde dreht, ergibt sich täglich eine Verschiebung des »Gezeiten-Fahrplans« um etwa 50 Minuten: Das Hochwasser tritt immer 50 Minuten später ein als tags zuvor.

Besonders hohe Wasserstände ergeben sich, wenn die Anziehungskräfte von Mond und Sonne zusammenwirken, d. h. bei Neumond und Vollmond. Sonne, Mond und Erde stehen zu diesem Zeitpunkt auf einer (gedachten) Linie. Den so zustandekommenden hohen Wasserstand nennt man **Springflut**.

Wenn Sonne, Erde und Mond dagegen im rechten Winkel zueinander stehen, also zu Zeiten des zunehmenden oder abnehmenden Mondes, herrscht besonders niedriger Flutstand, es ist **Nippflut**.

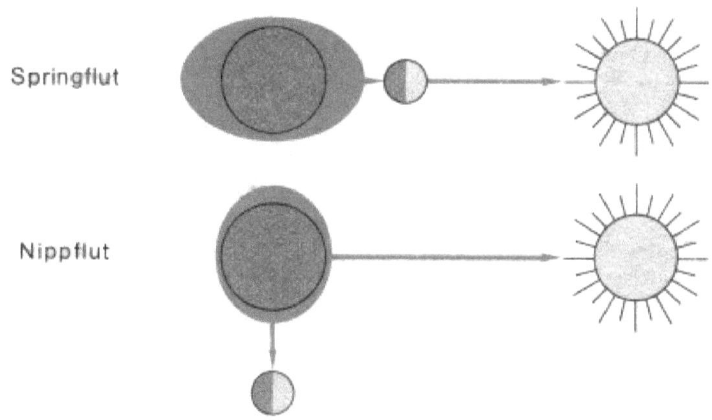

Alle gezeitenbedingten Wasserstände werden vom Deutschen Hydrographischen Institut in Hamburg genau berechnet und in Gezeitentafeln an die Häfen und Schiffe bekanntgegeben (siehe S. 12). Ohne diese Gezeitentafeln wäre das Ein- und Auslaufen in die Nordseehäfen nahezu unmöglich.

Sturmflut – gefürchtetes Naturereignis

Auf die Wasserstände der Gezeiten haben zusätzlich noch die Winde einen erheblichen Einfluß. Seewärts gerichtete Landwinde senken den Wasserstand. Landwärts wehende Seewinde erhöhen ihn. Wenn dann noch zum Zeitpunkt einer Springflut – besonders im Herbst und Winter – ein kräftiger Nordweststurm in die Deutsche Bucht bläst, kann es zu einer der gefürchteten Sturmfluten kommen. Dabei kann sich der Tidenhub mehr als verdoppeln.

»Landunter« auf den Halligen und Inseln, Deichbrüche und Überflutungen gefährden dann das Leben der Küstenbewohner. Vielen Menschen sind noch die großen Sturmflutkatastrophen in den Niederlanden 1952 und 1962 in Hamburg in Erinnerung (s. a. Seite 27).

Bei Sturmflutgefahr werden vom Seewetteramt Hamburg regelmäßig Sturmflutwarnungen und die genauen Pegelstände über den Rundfunk bekanntgegeben.

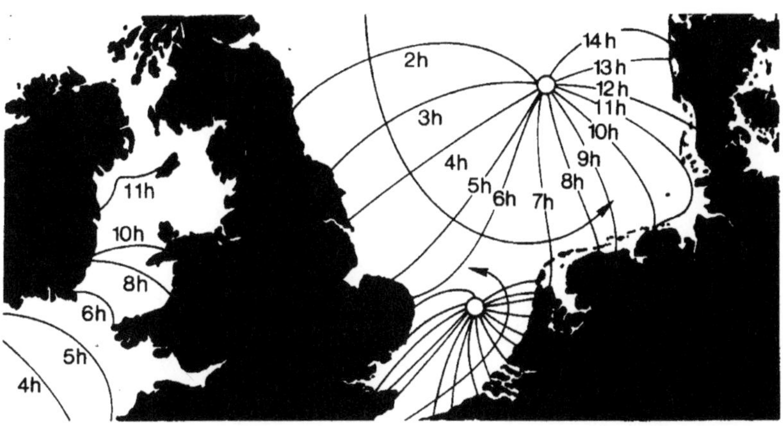

Bewegung der Flutwelle in der Nordsee.

Wattlandschaft bei Ebbe – Mit diesen Kothäufchen verraten sich die Wattwürmer (Pierwürmer) den Seevögeln, deren Nahrung sie bilden.

Das Watt, eine große Naturlandschaft

An den flachen Küsten der Nordsee tauchen bei Ebbe (»Niedrigwasser«) weite Flächen des Meeresbodens aus dem Meer auf. Schlick- und Sandböden werden sichtbar. Solche küstennahen Meeresteile, die bei Hochwasser überflutet sind, bei Ebbe trockenliegen, nennt man **Wattenmeer.**

Sand- und **Schlickwatt** sind typisch für das Gebiet zwischen der deutschen Nordseeküste und den Friesischen Inseln. Es wird von zahlreichen Wasserrinnen, den Prielen, durchzogen.

Aus der Vogelschau ergibt sich dann das Bild eines Wassernetzes, kleinste und allerkleinste Rinnen haben Verbindung zu Prielen, die anfangs so breit und tief wie flache Bäche sind. Durch die vielen netzartigen Rinnen sowie deren Wasserzufuhr bei ablaufendem Wasser vergrößern und erweitern sich die Priele. Sie werden zu fluß- und stromähnlichen, immer Wasser führenden Wattströmen, sogenannten »Baljen«. Diese haben durch die »Seegatten« (Seegatts) Verbindung zum freien Meer.

Felswatt gibt es an den Küsten von Bretagne und Normandie, in der Deutschen Bucht nur um die Insel Helgoland.

Der Wattboden ist dauernd in Bewegung

Die Flüsse transportieren ständig **Schwebstoffe**, vor allem Sand und Ton, ins Meer hinaus. Die Wasserbewegungen der Gezeitenströme wirbeln ihrerseits Ton, Sand und eine Unzahl von **Kleinlebewesen** vom Meeresboden auf.

Einlauf und Auslauf des Wassers bei Flut und Ebbe erfolgen durch Priele – eine Art Flußsystem im Wattboden. Sie führen auch bei Ebbe Wasser und können dem Unkundigen bei Wattwanderungen gefährlich werden.

Alle diese Schwebstoffe werden durch Ebbe und Flut ständig verfrachtet und überschwemmen so auch das Watt (= Sedimentation). Der Sog des Ebbstromes reißt einen Teil der Ablagerungen wieder zurück ins Meer.

So kommt es, daß im Watt pausenlos Material verlagert wird. Sandbänke und Inseln entstehen und verschwinden wieder. Zur Umschichtung des Wattbodens tragen auch die außerordentlich vielen Kleinlebewesen bei, die in verschiedenen Schichttiefen des Schlick- und Schlammbodens leben (s. a. Seite 36).

6600 Quadratkilometer

Unser Wattenmeer hat eine Fläche von 6600 Quadratkilometern. Es reicht vom dänischen Esberg entlang der deutschen Küste bis nach Den Helder in Holland. Der deutsche Anteil beträgt etwa die Hälfte; mit 2500 Quadratkilometern hat von den Bundesländern wiederum das Land Schleswig-Holstein den größten Anteil. Auf diesen Watten liegen die Halligen mit 29,3 Quadratkilometern sowie die Geest- und Marschinseln mit 279,3 Quadratkilometern Fläche.

Die Inseln

Charakteristisch für große Teile des Wattenmeeres eine Kette von dem Festland vorgelagerten großen und kleinen Inseln. Sie entstanden z. T. vor einigen tausend Jahren aus Sandbänken, die schließlich nicht mehr überflutet wurden und auf denen sich später durch Sandaufwehungen Dünen bildeten. Der Prozeß der Inselbildung und -verlagerung ist auch heute noch im Gange. Einige Inseln aber – wie Geestinseln und Halligen in Nordfriesland – stellen Reste des ehemaligen Festlandes dar.

Tourismus

Erst in den letzten Jahrzehnten haben sich auf fast allen Inseln und Halligen drastische Veränderungen vollzogen. Der Fremdenverkehr mit dem steilen Anstieg des Touristenstromes ist zur wichtigsten Einnahmequelle geworden. In der Hochsaison ist die Zahl der Gäste manchmal bis zu zehnmal größer als die Zahl der Inselbewohner. Der »Massentourismus« übt einen nachhaltigen Einfluß auf die natürliche Umwelt aus, etwa durch die Siedlungsentwicklung mit der nachfolgenden »Infrastruktur« oder auch durch den Touristen selber, der (oft in Unkenntnis) z. B. zum Störfaktor wird.

Der ungelenkte Touristenstrom bingt noch andere, sehr große Probleme mit sich. Zum einen werden von Touristen Unterkunft, Trinkwasser, Transportmittel, Freizeitanlagen usw. gebraucht und große Mengen Müll und Abwässer fallen an; zum andern wird die Vogelwelt durch dauernde Störungen geschädigt oder die Pflanzendecke insbesondere der Dünen zertreten. Das alles geht auf Kosten von Natur und Landschaft, die aber der erholungssuchende Mensch so nötig braucht. Wird er sich seine Grundlage zur Erholung zerstören?

Nur sichere Schwimmer sollten sich in die Brandung hinauswagen. Im Brandungsgebiet gibt es seewärts gerichtete Unterströmungen.

Wind und Meeresströmungen

Man weiß, woher der Wind weht...

In fast jedem geheizten Zimmer können wir es beobachten: Über dem Heizkörper steigt warme Luft empor, strömt an der Zimmerdecke entlang, kühlt sich ab und sinkt nach unten. Am Fußboden strömt abgekühlte Luft zurück in Richtung Heizkörper. Manchmal zieht es dabei sogar an den Füßen...

Wind entsteht zwischen unterschiedlich erwärmten Luftschichten: Über dem Äquator steigt warme Luft nach oben. Kühlere Luft aus nördlichen und südlichen Breiten strömt nach: Die kalte Polarluft sinkt ab und bewegt sich in Richtung Äquator. So müßte es eigentlich auf unserer Erde nur Nord- und Südwinde geben. Daß dies nicht so ist, liegt an der Erdrotation, welche die Winde nach Osten und Westen ablenkt.

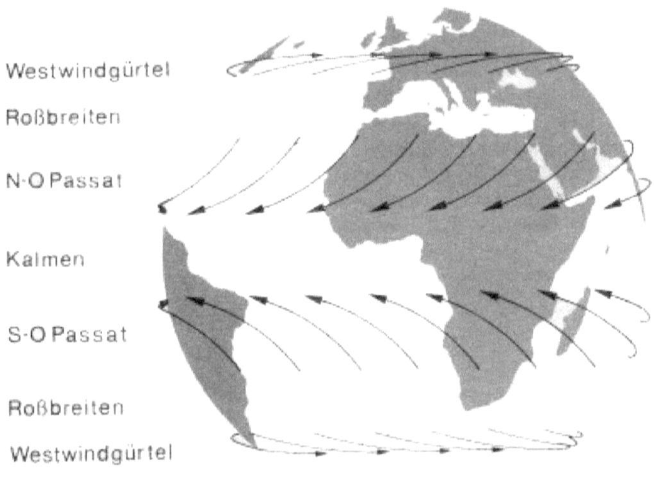

Die Windgürtel der Erde.

Passate und Monsune

Ein Ergebnis dieser Strömungsverhältnisse sind die **Passatwinde**, die im Äquatorgürtel wehen. Nördlich der »Linie« (= des Äquators) als Nordost-Passat, südlich des Äquators als Südost-Passat. Dazwischen liegt eine windstille Zone, die Kalmen.

Nördlich und südlich der Passatgürtel liegen auf beiden Halbkugeln die Gebiete der vorherrschenden Westwinde. Auch West- und Mitteleuropa stehen stark unter ihrem Einfluß.

Die Seeleute auf den Segelschiffen kannten die Windverhältnisse auf dem Atlantischen Ozean genau: auf der Fahrt von Europa nach Amerika nutzten sie die Kraft des Passatwindes. Auf der Rückreise segelten sie mit der Westwindströmung nach Hause.

In den Küstenländern des Indischen Ozeans spielen die Monsune eine wichtige Rolle. Es sind **jahreszeitlich** wiederkehrende Winde. Als Wintermonsun kommt diese Luftströmung von Nordosten, als Sommermonsun von Südwesten. Der Sommermonsun bringt vom Meer her den ersehnten Regen. Von seiner rechtzeitigen Ankunft hängt die Fruchtbarkeit des Jahres ab, z. B. die Reisernte.

Windsurfen wird immer mehr zum Volkssport. Surfen in der Brandung sollten sich aber nur absolute »Könner« zutrauen.

Taifune und Hurricane

Wenn »Daisy« über das Meer wirbelt

So verschieden wie die Windrichtungen, so unterschiedlich können auch die Windstärken sein: von der absoluten Windstille (Flaute) über die leichte Brise bis zum schweren Sturm. Es ist verständlich, daß die Gefahr, die von der Naturgewalt Wind ausgeht, auf hoher See und an den Küsten ungleich größer ist als im Binnenland.

In den Tropen entstehen über den warmen Meeren häufige Wirbelstürme, die Geschwindigkeiten über 300 km/h erreichen. In Asien heißen sie **Taifune,** in Amerika **Hurricans.** Sie bevorzugen bestimmte Zugstraßen, richten große Verheerungen an und werden mit Mädchennamen registriert, z. B. »Daisy« . . .

Wind- und Seestärken
(nach Beaufort und Petersen, vereinfacht)

Windstärke	Windgeschwindigkeit in m/sec	Benennung	Seestärke	Wellenhöhe in m	Benennung
0	0 bis 0,5	Windstille	0	0	glatte See
1	0,5 bis 2	leiser Zug	1	0 bis 1	sehr ruhige See
2	2 bis 2	leichte Brise	2	1 bis 2	ruhige See
3	3 bis 5	schwache Brise	3	2 bis 3	leicht bewegte See
4	5 bis 7	mäßige Brise	4	3 bis 4	mäßig bewegte See
5	7 bis 10	frische Brise	5	4 bis 5	ziemlich grobe See
6	10 bis 12	steife Brise	6	5 bis 7	grobe See
7	12 bis 15	harter Wind	7	7 bis 9	hohe See
8	15 bis 18	stürmischer Wind			
9	18 bis 21	Sturm	8	9 bis 12	sehr hohe See
10	21 bis 25	starker Sturm			
11	25 bis 30	schwerer Sturm	9	über 12	schwere See
12	über 30	Orkan			

Flüsse im Ozean?

In den Weltmeeren gibt es neben den Gezeitenströmen noch weitere großräumige Wanderungen von Wassermassen, die **Meeresströmungen**. Man unterscheidet Oberflächenströmungen und Tiefseeströmungen.

Oberflächenströmungen entstehen durch das Zusammenwirken warmer und kalter Luftschichten, durch die Sonne, den Wind, auch durch die Drehung der Erde. Über den Wasseraustausch zwischen tropischen und polaren Wassermassen wurde bereits berichtet (siehe S. 10). Sinngemäß spricht man von »kalten« und »warmen« Strömungen.

Die Warmwasserheizung Europas.

Eine für das Klima in Europa sehr wichtige Oberflächenströmung ist der **Golfstrom**. Er ist besonders warm und wasserreich. Er entsteht aus der Vereinigung von Teilen des Süd- und des Nordäquatorialstroms im Karibischen Meer, im Golf von Mexiko (daher der Name Golfstrom) und im westlichen Atlantik. Die Strömung zwängt sich durch die enge Florida-Straße und erhält dadurch eine hohe Anfangsgeschwindigkeit.

Die warmen Wassermassen fließen nun mit einer Durchschnittsgeschwindigkeit von etwa 2,5 m/sek (9 km/h) an der nordamerikanischen Ostküste nordwärts. Auf der Höhe von Neufundland begegnen sie dem kalten Labrador-Strom und werden nach Osten abgelenkt. Nun breitet sich der Golfstrom unter dem Einfluß der Westwinde fächerförmig aus und überquert den Nordatlantik.

Der Golfstrom umspült die Westküsten Europas und schickt seine Ausläufer bis ins Nordpolarmeer nördlich von Skandinavien.

Diese Meeresströmung erreicht Tiefen bis zu 600 m. Ihre durchschnittlichen Temperaturen liegen vor der nordamerikanischen Ostküste zwischen +27° und 20° C, vor der irischen Küste bei +10° C. Vor Nordnorwegen werden immerhin noch +5° C gemessen. Die Temperaturen des Golfstromes halten die Küsten, die er berührt, eisfrei.

West-, Mittel- und Nordeuropa verdanken das verhältnismäßig milde Klima ihrer »Warmwasserheizung«, dem Golfstrom.

Der Humboldtstrom

oder Perustrom stammt aus antarktischen Gewässern und fließt an der südamerikanischen Westküste entlang bis zum Äquator. Er führt kühles, nährstoffreiches Wasser, die Ursache für den Fischreichtum und damit die Vielfalt der Seevogelwelt vor der Pazifikküste Südamerikas.

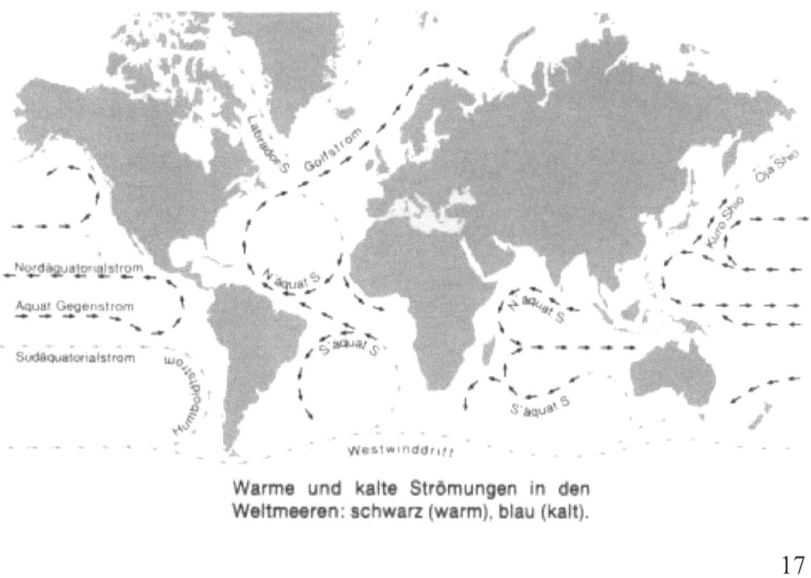

Warme und kalte Strömungen in den Weltmeeren: schwarz (warm), blau (kalt).

Je stürmischer das Wetter ist, desto höher wird die Brandung beim Auflaufen auf die Küste.

Tiefseeströmungen

Auch in der Tiefsee gibt es Meeresströmungen. Sie sind bisher noch wenig erforscht. Der Wind ist an ihrer Entstehung nicht mehr beteiligt. Wahrscheinlich erhalten Tiefenströmungen ihre Antriebskräfte aus den Dichteunterschieden der ozeanischen Wassermassen. Die Ozeanbecken haben verschiedene Temperaturen und verschieden hohen Salzgehalt, also auch verschiedene Dichte. Dadurch kommt es zu Ausgleichsströmungen: Salzreiches Wasser fließt in Gebiete salzärmeren Wassers; kälteres Wasser strömt in Gebiete wärmeren Wassers.

Absinkendes, stark abgekühltes Oberflächenwasser und die Tiefseeströmungen transportieren Sauerstoff in große Meerestiefen und ermöglichen dort überhaupt erst organisches Leben.

»Seegang« . . .

. . . nicht das Gegenteil von »Landgang«!

Wenn ein Schiff im Hafen anlegt, freuen sich alle Matrosen auf den Landgang. Der **Seegang** dagegen ist für den Fachmann die Wellenbewegung der Meeresoberfläche. Der Seegang wird um so stärker, je kräftiger der Wind weht. Auch die Neigung zur Seekrankheit nimmt zu . . .

Die Berichte über »haushohe» Wellen sind nicht immer übertrieben. Beim gefürchteten Kap Horn sind schon Wellen über 15 m Höhe gemessen worden. – Die hohen Teile der Wellen werden »Kämme« genannt, die Täler dazwischen heißen »Tröge« oder Wellentäler.

Wenn der Wind vom Land her auf das Meer weht, kann man das Entstehen der Wellen beobachten: Der Wind treibt das Wasser zu kleinen Wällen auf, denen rinnenartige Senkungen folgen.

Unserem Auge erscheint dieser Vorgang als fortschreitende Bewegung. In Wirklichkeit werden die Wasserteilchen nur in einem kleinen Kreislauf bewegt, fast vergleichbar mit dem Neigen der Halme in einem wogenden Ährenfeld.

Bei abflauendem Wind laufen die Wellen weiter. Die Entfernung zwischen den Wellenkämmen wird dann immer größer, bis zu 300 m. Die lange, auf die Küste zurollende Wellenbewegung heißt **Dünung**.

Nähern sich die Wellen der Küste und treffen dabei auf Grund, so werden sie unten gebremst, während sie oben weiterwandern können. Dadurch kippen die Wellen um (vergleichbar mit den Fahrgästen auf der Rücksitzbank eines Autos bei einer Notbremsung). Dieses Auftürmen der schäumenden, tosenden Wassermassen an der Küste ist die **Brandung**. Sie ist manchmal so gewaltig, daß kein Boot dort landen kann. Auch das Baden ist an manchen Brandungsstränden unmöglich.

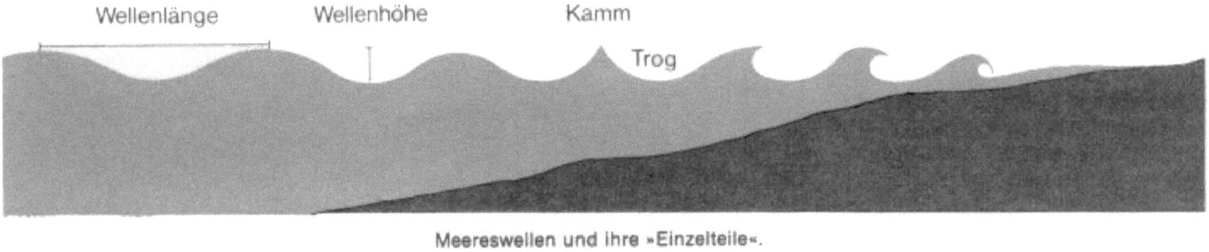

Meereswellen und ihre »Einzelteile«.

Brandung, Sandburgen, Strandkörbe: ein Traumbild vieler Urlauber. Aber Vorsicht, die Düne im Vordergrund darf nicht betreten werden! Der Strandhafer wurde künstlich angesiedelt; er festigt die Düne.

Küsten und Strände

Küstenformen

Die Küsten sind Berührungslinien von Land und Meer. Küsten sind keine Grenzen, denn sie verändern sich dauernd. Brandung und Strömung, Gezeitenhub, langfristige Schwankungen des Meeresspiegels und die Ablagerungen der Flüsse und Meere geben den Küsten ein unterschiedliches Aussehen, das sich zudem noch unaufhörlich wandelt.

Flachküsten

findet man dort, wo sich das Land ganz allmählich zum Meer hin senkt. Durch die Reibung auf dem seichten Meeresboden werden die Brandungskräfte schon weit vor dem eigentlichen Ufer gebrochen. Die Wellen lagern die mitgeführten Schwebstoffe ab und bilden flache Strände. Meeresströmungen und Gezeiten sorgen für die Umlagerung des Anschwemmungsmaterials.

Die deutsche Nordseeküste ist zum überwiegenden Teil eine Flachküste.

Der feine Sandstrand, den die Urlauber so gern aufsuchen, ist vom Meer abgelagertes und »aufgearbeitetes« Felsgestein, sogenanntes »Geschiebe«. Es wurde in der Eiszeit von Skandinavien hertransportiert. Wenn der Aufarbeitungsprozeß noch nicht so weit fortgeschritten ist, sind die Strände kiesbedeckt. Hier wurden die einzelnen Gesteinsstücke durch die bisherige maritime »Bearbeitung« rund und glatt geschliffen: Kiesel.

Felsküsten sind zum Baden weniger geeignet und auch für die Schiffahrt gefährlich. Gerade vor Felsküsten steht oftmals eine hohe Brandung.

Kreideküsten zeigen oft eingelagerte Bänder von Feuerstein, Reste von Seeigeln, Tintenfischen und Muscheln.

Flachküsten mit ihren zahlreichen Sandbänken bilden oft eine Gefahr für Schiffe auf Grund zu laufen. In Flachküstengebieten werden die Häfen daher meist künstlich in den Flußmündungen angelegt.

Steilküsten

fallen meist schroff und steil zum Meer ab. Es gibt Steilküsten (z. B. Ostsee bei Travemünde), an denen die Höhe der Steilkante über 20 m beträgt.

Unmittelbar unter der Küstensteilwand, dem Kliff, bricht sich die Brandung. Die Kraft der Wellen arbeitet ständig an dem Material des Kliffs, lockert es, löst es aus seinem Gefüge und transportiert es fort.

Auf diese Weise bilden sich ausgespülte Hohlräume. Die überhängenden Gesteinsschichten über den Brandungshohlkehlen brechen früher oder später ab und stürzen ins Meer. Dort wird das abgetragene Material von der Brandung rasch zerkleinert und zum Teil abgeschwemmt. Steilküsten sind Abtragungsküsten. Sie weichen nach und nach, aber unaufhaltsam, landeinwärts zurück.

Bei weichem Gestein vollzieht sich die Abtragung schneller (z. B. an den eiszeitlichen Moränensteilhängen bei Lübeck-Travemünde oder an den Kreidefelsen Rügens oder an den Buntsandsteinfelsen von Helgoland). Steilküsten aus Urgestein (z. B. in Skandinavien) sind bedeutend widerstandsfähiger.

Flußmündungen – Deltabildungen

Der normale Küstenverlauf wird auch dort unterbrochen, wo Flüsse und Ströme ins Meer münden.

Durch die im Mündungsgebiet abnehmende Strömungsgeschwindigkeit lagern sich hier große Mengen von Sedimenten, meist Sand und Schlamm ab. Sie bilden Hindernisse, die der Fluß selbst aufbaut. Er versucht, diesen Hindernissen auszuweichen. Zwischen den Schwemmschichten bilden sich neue Flußarme. Ein Mündungsdelta entsteht (z. B. Rheindelta, Nildelta, Mississippidelta).

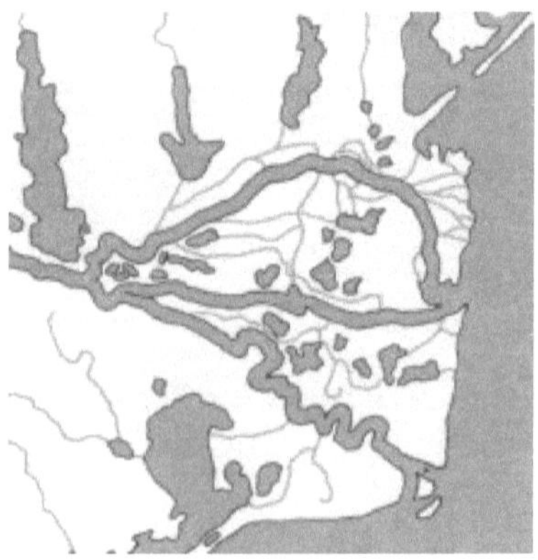

Deltamündung der Donau.

Allerdings kommt es nur an Küsten mit keiner oder geringer Gezeitenströmung zur Deltabildung. Wo Ebbe und Flut stärker wirken, werden durch die Strömungsenergie meist nur Trichtermündungen gebildet (z. B. Elbe).

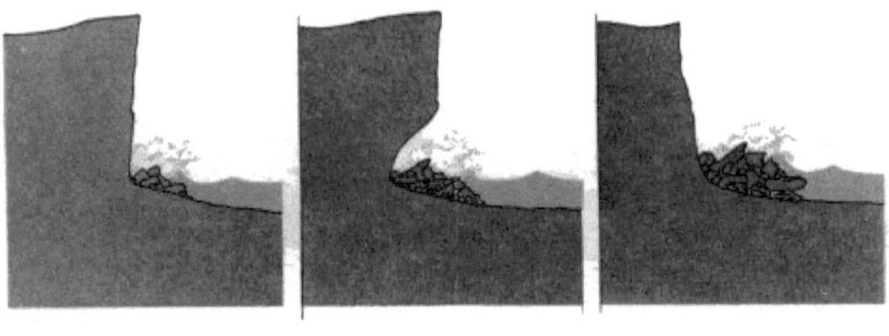

Die zerstörende Kraft der Meeresbrandung (Brandungskehlen).

Transgressions- und Regressionsküsten

Hinter diesen beiden Fachausdrücken verbirgt sich der Zusammenhang zwischen Küstenformen und (langfristigen) Veränderungen der Höhe des Meeresspiegels: Der Meeresspiegel kann – über Jahrtausende hinweg – langsam seine Höhe vergrößern oder verringern. Auch das Festland kann sich allmählich heben oder senken.

Das Meer zieht sich von der Küste zurück (»regredi« = sich zurückziehen), wenn sich der Meeresspiegel senkt, oder wenn sich das Festland hebt. Eine **Regressionsküste** entsteht.

Umgekehrt entsteht eine **Transgressionsküste** (»transgredi« = überschreiten), wenn sich entweder der Meeresspiegel hebt oder das Festland absinkt. Das Meer dehnt sich aus, es überschreitet seine bisherigen Küstenlinien.

Transgression und Regression stehen in engem Zusammenhang mit eiszeitlichen Vorgängen. In den Kaltzeiten der **Eiszeit** waren ungeheure Wassermengen in den Eismassen gebunden. Auf der nördlichen Halbkugel gab es daher viel weniger »flüssiges« Wasser. Der Meeresspiegel lag etwa 100 Meter tiefer als heute. Fast die ganze Nordsee gehörte zum Festland.

Allmählich wurde es wärmer. Das Eis schmolz und führte dem Ozean neue Wassermassen zu. Der Wasserspiegel stieg, und das Meer dehnte sich immer weiter aus (= Transgression). Immer größere Flächen des Festlandes wurden überschwemmt. Die Nordseeküste ist das Ergebnis dieser Transgression.

Als weitere Folge des eiszeitlichen Abschmelzungsprozesses wurde das nordeuropäische Festland von dem Gewicht der auf ihm lastenden Eismassen befreit. Das Land hob sich.

In vielen Fällen sind die Küstenformen durch das wechselnde oder auch gleichzeitige Zusammenwirken von steigendem Meeresspiegel und nacheiszeitlich bedingten Landhebungen entstanden. Da wir jetzt – langfristig betrachtet – in einer »Warmzeit« leben, steigt der Meeresspiegel der Nordsee in 100 Jahren um ca. 25 cm.

Die dargestellten Vorgänge vollziehen sich ganz langsam, über viele Zehntausende von Jahren. Würde das Eis an den Polen plötzlich abtauen, stünde der größte Teil Deutschlands unter Wasser.

Fjordküste

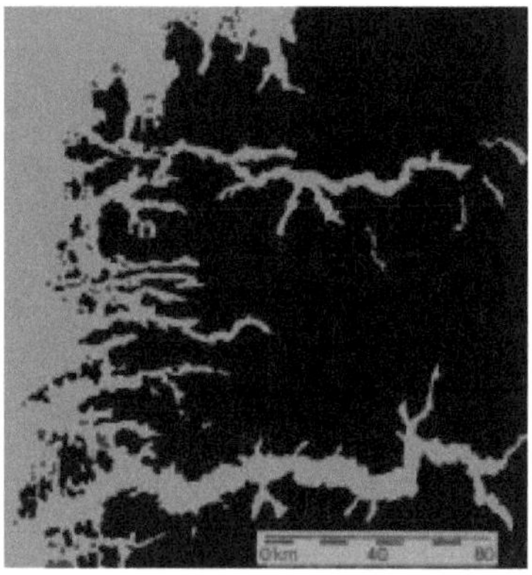

Norwegische Fjordküste

Die Karte Skandinaviens zeigt nach Westen hin die auffallend stark gegliederte Küste Norwegens. Viele Meeresarme – Fjorde – erstrecken sich mit ihren zahlreichen Verästelungen bis tief ins Land hinein. Eine Unzahl größerer und kleiner Inseln ist der Fjordküste vorgelagert.

Diese Küstenform ist ebenfalls ein Ergebnis der Eiszeit. Ganz Skandinavien war von einem dicken Eispanzer bedeckt. Die Gletscherzungen drangen in die ehemaligen Flußtäler vor. Durch die in die Gletscherzungen eingelagerten Gesteinsbrocken – das »Geschiebe« – wirkte die Gletscherbewegung wie ein riesiger Hobel. Die Täler wurden auf der Sohle und an den Seiten tief ausgehobelt. Nach dem Abschmelzen der Gletscher drang von der Küste her das Meerwasser in die Täler vor und bildete im Laufe der Jahrtausende die heutige Fjordlandschaft.

Fjorde sind tief und auch breit genug, daß große Seeschiffe weit ins Binnenland hineinfahren können (Sognefjord 180 km, Hardangerfjord 150 km Länge). Durch die Steilufer der Fjorde ist die Ansiedlung von Menschen und die Anlage von Häfen sehr schwierig.

Weit über 100 km ziehen sich viele Fjorde ins Land hinein und bilden gute Schifffahrtswege.

Schären vor der skandinavischen Küste. Die unzähligen Inseln und Inselchen zeigen an ihrer Oberfläche die Gletscherspuren der Eiszeit.

Schärenküste

ist eine Erscheinung, die es in Europa nur an den skandinavischen Küsten gibt. Es handelt sich bei den Schären um kleine und kleinste Felseninselchen, die der eigentlichen Küste vorgelagert sind. Sie haben eine runde, bukkelige Oberfläche und ragen nur wenig aus dem Wasser hervor.

Auch die Schären sind Folgen der Eiszeit. Als sich die Gletscher des Inlandeises über Nordeuropa hinwegschoben, rissen sie überall Felsbrocken aus dem Untergrund und schoben diese mit sich fort. Unter dem Druck der Eismassen wirkte das Felsengeröll wie eine überdimensionale Schleifmaschine auf die darunterliegende Landschaft. Sie wurde zu meist runden Buckeln abgeschliffen (= »Rundhöckerlandschaft«).

Nach der Eizeit stieg der Meeresspiegel durch die abschmelzenden Eismassen um ca. 100 Meter. Wo vor der Eiszeit Festland gewesen war, entstand die heutige Ostsee. Viele der dort angeschliffenen Rundhöcker wurden überflutet und liegen zum großen Teil dicht unter der Wasseroberfläche.

Erst als sich das von den geschmolzenen Eismassen entlastete skandinavische Festland etwas hob, tauchten viele der buckligen Schären wieder aus der See auf. Heute bildet diese Inselwelt als eine Art Wellenbrecher einen wirksamen Schutz für die Küste. Die Brandung verliert schon weit draußen in den Schären ihre Wirkung.

Der Schiffahrt sind die Schären weniger sympathisch. Sie erfordern hohes navigatorisches Können in den engen Durchfahrten zwischen den einzelnen Inseln und Inselchen. Außerdem liegen viele Schären unsichtbar unter der Wasseroberfläche. – Auf den größeren Schären liegen Ferien- und Wochenendhäuser. Dauernd bewohnt und landwirtschaftlich genützt sind die Schären kaum.

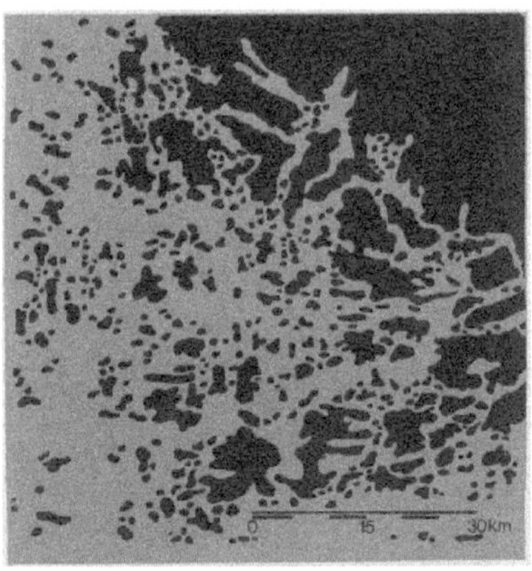

Schärenküste bei Turku (Finnland)

Ausgleichsküsten

entstehen, wenn der Wind vornehmlich aus einer Richtung auf die Küste trifft. Die Wellen laufen danach nicht in der gleichen Richtung ab, in der sie aufgelaufen sind, sondern annähernd parallel zur Küste.

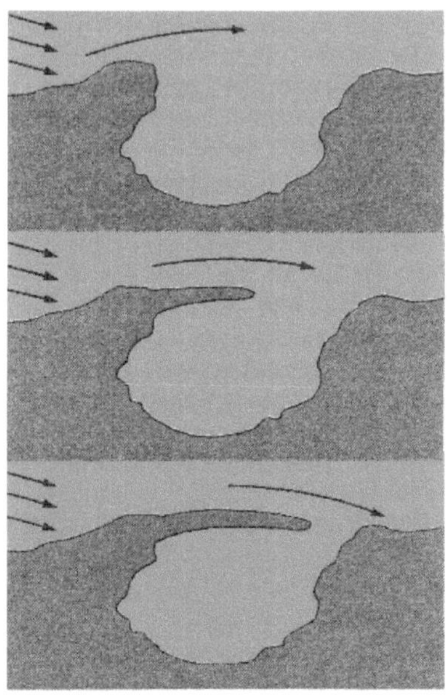

Die Entstehung einer Ausgleichsküste.

Korallenriffe, die typische Küstenform tropischer Meere, aufgebaut aus dem Skelettkalk unzähliger Korallentiere.

Dabei transportieren die Wellen das mitgeführte Material – überwiegend Sand – entlang der Uferlinie. So werden vorspringende Küstenteile allmählich abgetragen und an anderen Stellen wieder abgesetzt. Dadurch wird die Küstenlinie nach und nach begradigt, geglättet und ausgeglichen (daher: »Ausgleichsküste»).

Treffen derartige küstenparallele Strömungen auf eine Bucht, nimmt ihre Geschwindigkeit durch die größere Wasserfläche schnell ab. Der mitgeführte Sand sinkt rasch zu Boden. Ein Sandhaken bildet sich (s. Abb.). Er kann weiterwachsen zur **Nehrung** und die ganze Bucht vom Meer abschnüren. Ein Strandsee, in tropischen Gegenden »Lagune« genannt, bildet sich.

Mündet ein Fluß in eine solche Bucht, kann sich die Nehrung nicht völlig schließen. Es entsteht ein »Haff«, das an einer schmalen Stelle einen Durchlauf zum Meer offenläßt.

Haffe, Strandseen und Nehrungen sind typische Küstenformen der südlichen Ostsee: Kurische Nehrung und Kurisches Haff, Frische Nehrung und Frisches Haff.

Ein anschauliches Beispiel dafür, wie an Ausgleichsküsten Fahrwasser und Häfen ständig von der Versandung bedroht sind, ist die Schleimündung etwa 50 km südöstlich von Flensburg. Hier kann die Flußmündung nur durch Molen künstlich offengehalten werden.

An fernen Stränden

Mangroven- und Korallenküsten

An tropischen Küsten reicht der Pflanzenwuchs oft bis ins Meer. Besonders die **Mangrove**, deren Stamm auf Stelzwurzeln steht, kann sich gut gegen Brandung und Gezeiten behaupten. Außerdem fangen diese Wurzeln die vom Wasser mitgeführten Schwebstoffe, Sand und Schlick.

So bilden sich oben undurchdringliche Mangrovenwälder, unten die tückischen Mangrovensümpfe, die sich vielfach weiter ausbreiten. Es ist dabei besonders interessant, wie die Samenverbreitung der Mangrovenpflanze vor sich geht. Mangrovensamen entwikkeln ihre Keime bereits am Baum. Fallen sie ab, so bohren sie sich aufgrund ihrer spitzen Form in den schlammigen Grund. Schon kurze Zeit danach schlagen sie aus und bilden Wurzeln, die ihrerseits gleich wieder als Schlickfänger dienen.

Mangrovenküsten sind verkehrsfeindlich: Der Untergrund trägt keine größeren Lasten; Schiffe finden kaum einen Platz zum Anlegen.

Besonders in der Südsee, von der so viele Europäer (und auch Amerikaner!) träumen, gibt es **Korallenküsten**, ebenfalls typisch für die Tropen. Korallenriffe bilden sich aus dem Kalk von Millionen von Korallentieren. Diese siedeln sich vor allem im küstennahen Untergrund oder auf untermeerischen Vulkanen an.

Die Skelette abgestorbener Korallentiere bilden riesige Labyrinthe, auf denen sich immer wieder neue Korallenkolonien ansiedeln.

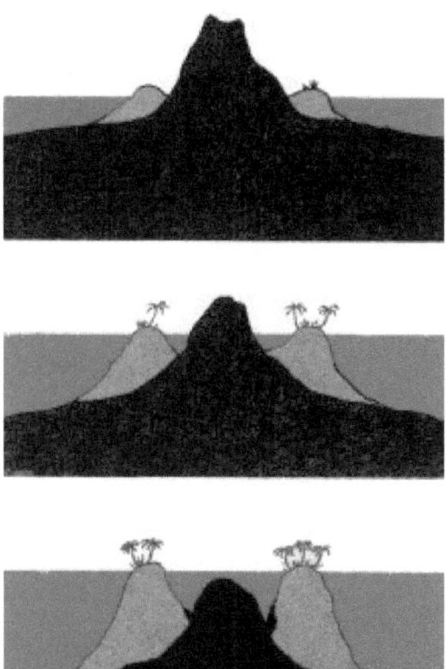

Die Entstehung eines Korallenriffes. Um den erloschenen Vulkanberg bilden Korallen ein Saumriff. Durch langsames Absinken des Berges entsteht ein Ringriff, taucht der Berg unter die Wasseroberfläche bildet sich ein Atoll.

Tetrapoden sind große Betonklötze, an denen sich auflaufende Wellen brechen. Fachleute sind über die Wirkung von Tetrapoden für die Dünensicherung allerdings geteilter Meinung.

Dünen

Besonders an Flachküsten lagern sich meist große Sandmengen ab. Bei Niedrigwasser, Sonnenschein und geringem Wellengang trocknet der Sand rasch und ist dann dem Spiel des Windes ausgesetzt. Zunächst weht er die Sandkörner zu winzigen Hügelchen zusammen. Weiterer Sand und gleichmäßige Bewegung der Luft läßt die Sandanhäufung bald anwachsen.

Bald türmen sich Dünen bis zu mehreren Metern Höhe auf.

Auf der Insel Sylt und der Westküste Jütlands gibt es Dünen bis zu ca. 50 Meter Höhe. Die höchsten Dünen an europäischen Küsten gibt es auf der Kurischen Nehrung mit 70 Meter Höhe.

Eine besondere Gefahr war früher durch die Dünenwanderung gegeben. Auf der dem Wind zugewandten Seite (Luv) wird Sand abgetragen und am andern Ende der Düne (Lee-Seite) wieder angehäuft. Durch diesen Sandtransport verändern die Dünen ständig ihre Lage, sie wandern. So sind schon ganze Dörfer unter dem Sand der Wanderdünen begraben worden.

Die Festlegung der wandernden Dünen ist ein Problem ihrer Vegetation. Bei der Darstellung der Küstenpflanzen wird noch einmal auf die Bepflanzung der Wanderdünen eingegangen werden (siehe Seite 35).

Vom Meer zum Land – Küstenschutz

Wanderung durch das Watt. Im Hintergrund eine Hallig.

Wurten und Warften

Lange vor der Völkerwanderung, wahrscheinlich im 2. und 3. Jahrhundert v. Chr., wurde die deutsche und holländische Küste besiedelt. Zu dieser Zeit machte die Transgression der Nordsee gerade eine Pause.

Einige Jahrhunderte später, etwa zu der Zeit, als der römische Feldherr Varus seine Legionen im Teutoburger Wald verlor, stieg der Meeresspiegel der Nordsee langsam wieder an. Die Küstenansiedlungen gerieten in Gefahr überflutet zu werden.

Ein Teil der Siedler verließ die Heimat, ein anderer Teil griff zur Selbsthilfe: Die ersten **Warften** oder **Wurten** entstanden. Warften sind aufgeschüttete Erdhügel, auf denen man die Höfe höher anlegte. Im weiteren Fortschreiten der Transgression mußten die Wurten immer wieder erhöht werden.

Zuletzt überbaute und erhöhte man die Wurten so, daß mehrere Höfe oder das ganze Dorf darauf Platz hatten.

Man findet heute noch Warften auf den **Halligen**, in Ostfriesland und an der nordholländischen Küste.

Die Halligen

Die zehn Halligen vor der Westküste Schleswig-Holsteins sind relativ kleine unbedeichte Inseln, die z. T. nur 80–100 cm über dem normalen Hochwasserstand liegen. Sie gehörten wohl ursprünglich zum Festland und wurden durch Transgression und im Laufe vieler Sturmfluten vom Festland abgetrennt. Jede neue Sturmflut fügt den Halligen weitere Landverluste zu.

Im Gegensatz zu den Halligen scheinen die Ostfriesischen Inseln (z. B. Borkum, Norderney) – wie neuere Forschungen zeigen – keine Festlandsreste, sondern Neubildungen zu sein. Tiefbohrungen erbrachten keinerlei Festlandsboden, sondern noch weit unter dem Meeresboden nur Sand.

Deutlich ist die recht flache Außenböschung und die steilere Innenböschung zu erkennen. Die Grasnarbe ist wichtig für die Festigkeit des Deichs. Die Schafe halten das Gras kurz und dicht und sorgen für Düngung.

Deiche

Die Nordseeküste liegt nicht viel höher als das Meer. Sie war immer sturmflutgefährdet. Deshalb versucht man sie seit fast 1000 Jahren durch den Bau von Dämmen – sogenannten Deichen – zu schützen.

Die ersten Deiche waren noch recht einfach gebaut und vielleicht aus der Verbindung mehrerer Wurten entstanden. Sie waren – das weiß man durch Ausgrabungen – noch niedrig und so schwach, daß sie größerem Hochwasser nicht widerstehen konnten.

Moderner Deich im Querschnitt: links zum Watt hin die Lahnungen und Grüppenfelder.

Erst vom 12. Jahrhundert ab wurde die Kunst, Deiche dann noch zu bauen, so vervollkommnet, daß es die Küstenbewohner wagten, sich ohne Wurten im Schutze der Deiche niederzulassen.

Im Laufe der Küstengeschichte wurden die Deiche mehrfach erhöht, denn die Transgression nahm weiter zu. Auch in der Konstruktion der Deichprofile gab es Fortschritte: Man lernte, daß man Deichhöhe sparen konnte, wenn man die Außenböschungen flach hielt, damit die Wellen dort langsam auslaufen konnten. Auch die Innenböschungen baut man heute flacher, damit überschwappende Wellen keinen Schaden anrichten können. Auf diese Weise sind die Deiche immer breiter geworden.

Das System einer modernen Deichanlage schließt auch das Vor- und Hinterland mit ein. (Abb.) Zunächst läßt man das Vorland stufenweise ansteigen. Es ist mit Gras bewachsen und wird als Weideland genutzt. Daran schließt sich die Außenberme, der äußere Deichfuß. Er geht in die Außenböschung des Deichs über. Im Scheitel liegt die Deichkrone, jenseits von ihr die Innenböschung. Ein Graben hinter der Innenberme entwässert das eingedeichte Land.

Der Deichkern besteht neuerdings aus »einheimischem« Material, aus Sand. Schon seit Jahrhunderten wird der Deich mit Klei, einer schweren, lehmigtonigen Bodenschicht 50 bis 100 cm stark abgedeckt.

Auf die Kleischicht kommen Grassoden. Das sind rechteckige Grasstücke, die man aus den Wiesen des Hinterlandes sticht. Es gibt auch schon Deichanlagen, die seeseitig mit Asphalt oder mit Betonformsteinen gedeckt sind.

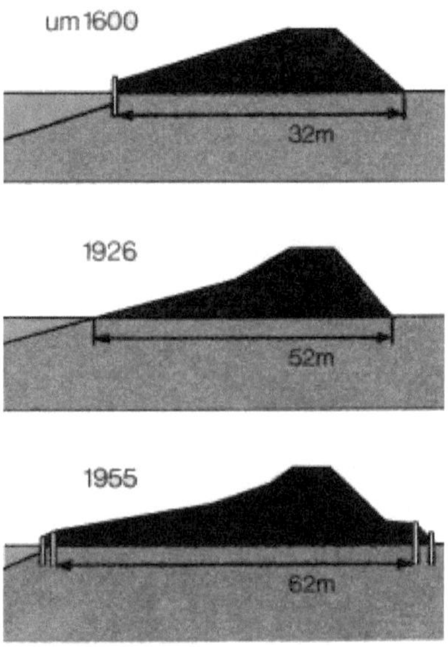

Deichquerschnitte im Wandel der Zeit.

Das Hochwasser hat die Deichkrone erreicht. Die Schafzäune, die sonst die Tiere verschiedener Schafhalter trennen, ragen kaum noch aus den Fluten hervor.

Sturmfluten und Deichbrüche

Trotz ständig verbesserter Deichbautechnik hat es immer Deichbrüche gegeben, die für Menschen und Tiere, Häuser und Höfe, Wiesen und Felder katastrophale Folgen hatten.

Kommt zur Flut, besonders bei Springflut noch ein besonders heftiger Sturm, kann die See so »grob« werden, daß die Außenböschung des Deiches angegriffen wird.

Wenn der Deich »bricht«, strömt das Meer durch die Bruchstelle, die sich dabei rasch vergrößert. Auch der Rückstrom bei Ebbe wirkt sich oft weiter zerstörend auf die gebrochene Stelle aus. Die Helfer müssen dann in der kurzen Pause zwischen Ebbe und Flut, dem „Kentern", versuchen, vorläufig die Bruchstelle mit Sandsäcken notdürftig zu schließen.

Eine zusätzliche Gefahr für den Deich entsteht, wenn die See die Deichkrone überspült und dabei die Innenböschung angreift.

Die Geschichte der Nordseeküste ist eine Geschichte der Sturmfluten. Der Jadebusen, Dollart und die Zuidersee (das heutige Ijsselmeer) ja, das gesamte Wattenmeer ist ehemaliges Küstenland, das verschiedenen großen Sturmfluten zum Opfer gefallen ist.

Die Hubschrauber der Bundeswehr werden nicht nur bei militärischen sondern auch bei zivilen Notfällen zu Rettungsaktionen eingesetzt.

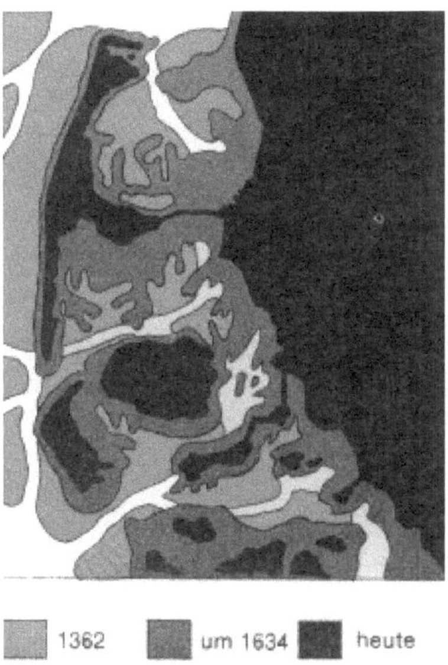

Veränderung der Landschaft um die Insel Sylt im Laufe der Jahrhunderte.

Genaue Aufzeichnungen gibt es z. B. noch über die großen Sturmfluten der Jahre 1662 und besonders 1634, der »Mandränke«. Bei der »Mandränke« 1634 ertranken über 7000 Menschen und 50000 Stück Vieh.

In böser Erinnerung ist eine Sturmflutkatastrophe der jüngsten Zeit: Im Jahr 1952 wurde fast die ganze niederländische Provinz Zeeland südlich von Rotterdam überflutet. Sie kostete 1800 Menschen das Leben. Allein 72000 Menschen mußten aus dem gefährdeten Gebiet evakuiert werden.

Kaum minder verheerend war die Sturmflut, die im Februar 1962 in die Trichtermündung der Elbe hineindrückte. Die Flußdeiche brachen an mehreren Stellen. Große Teile der Hamburger Innenstadt und des Hinterlandes wurden überschwemmt. Über 300 Menschen starben.

Früher war Küstenschutz eine Gemeinschaftsaufgabe, die notfalls mit Gewalt durchgesetzt werden konnte. Jeder Küstenbewohner konnte zu Deichbauarbeiten herangezogen werden.

Die höheren, größeren und festeren Deichbauten wurden im Laufe der Jahrhunderte immer umfangreicher und teurer. Die Bauern waren daher bald nicht mehr in der Lage, den Deichbau allein durchzuführen und für seine Instandhaltung zu sorgen. Auch finanziell waren sie damit überfordert. Seit etwa 100 Jahren hat der Staat den Bau neuer Deiche und die Finanzierung des Küstenschutzes übernommen.

Landgewinnung

Den besten Schutz vor Sturmfluten bietet ein weites Vorland, auf dem die anrollende See auslaufen kann. Normalerweise bildet sich neues Vorland nur sehr langsam. Die Sinkstoffe, welche die Flut ablagert, werden vom Ebbstrom großenteils wieder mit ins Meer genommen. Außerdem fällt der äußere Teil des Vorlandes in der Regel fortschreitender Transgression zum Opfer.

Die Menschen besannen sich daher schon recht früh darauf, die Bildung von Vorland künstlich zu beschleunigen. Das geschieht grundsätzlich dadurch, daß man versucht, die Ablagerung von Sedimenten durch die Flut zu unterstützen und gleichzeitig ihr Abschwemmen durch den Sog des Ebbstroms möglichst zu verhindern.

Lahnungen

Praktisch erreicht man diese (Vor-) Landgewinnung durch ein ganzes Bündel von entsprechenden Maßnahmen im Wattenmeer. Die wichtigste davon ist die Anlage von Lahnungen. Das sind Doppelreihen von Pfählen, die mit Reisig verschnürt werden. Die Lahnungen werden vom Deichfuß aus ins Watt gebaut und quer dazu weitere Lahnungen errichtet, so daß rechteckige Lahnungsfelder entstehen.

Die Pfahlreihen beeinflussen den Ebbstrom, und große Teile der Flutsedimente können sich in den Lahnungsfeldern absetzen; der Wattboden „höht sich auf". Wenn sich genügend Sinkstoffe abgesetzt haben, zieht man parallel zu den Längslahnungen in 10 m Abständen die sogen. **Grüppen**. Das sind schmale, nur 20 cm flache Entwässerungsgräben. Den dabei ausgehobenen Schlick wirft man als zusätzliche Aufhöhung auf die zwischen den Grüppen liegenden Beete oder Äcker.

Bald siedeln sich hier die ersten Pflanzen an, besonders der Queller, der mit seinen dickfleischigen, kakteenartigen Stengeln als zusätzlicher Schlickfänger wirkt (s. a. Pflanzenwelt S. 33).

Eindeichungen – Köge

Allmählich entsteht ein grünes Vorland. Es wirkt als hemmend bei Sturmfluten und wird auch schon als Weideland genützt. Der Verlandungs- und Aufhöhungsprozeß schreitet dann soweit fort, daß das neue Vorland nicht mehr überspült wird. Nur noch Sturm- und Springfluten können es überschwemmen. Jetzt ist der Zeitpunkt gekommen, das neugewonnene Land einzudeichen. Durch einen Deich wird der Koog (in den Niederlanden »Polder« genannt) vor weiteren Überflutungen geschützt.

Helfer bei der Landgewinnung: Der Queller

Ein kompliziertes Entwässerungssystem mit weiteren Gräben, Dränagerohren und Vorflutern führt zum Siel. Siele sind tiefe und breite Entwässerungsgräben mit Schleusentoren in den Deichen. Sie werden bei Tidenniedrigwasser geöffnet, damit das überschüssige Wasser der Köge zum Meer abfließen kann. Außerdem pumpen Schöpfwerke weiteres Wasser aus den »Sielzügen« über den Deichrand ins Meer.

Landgewinnung – Deutlich sind in der Luftaufnahme die Lahnungsfelder zu erkennen: Seewärts vom Deich noch recht »feucht«, landwärts schon kräftig begrünt.

Durch die intensive Entwässerung wird aus dem anfangs noch recht morastigen Boden des Vorlandes richtiges, fruchtbares Ackerland. Bauernhöfe werden errichtet, Straßen gebaut. Schon zwei bis drei Jahre nach der Eindeichung beginnt man mit der Feldbestellung. Köge gibt es an deutschen Nordseeküste vor allem an der Westküste Schleswig-Holsteins. Dazu zwei Beispiele:

Der 1956 eingedeichte Friedrich-Wilhelm-Lübke-Koog entstand als Folge der Aufschlickung im Schutze des Hindenburgdamms (Hindenburgdamm: Eisenbahndamm, Verbindung zwischen dem Festland und der Insel Sylt, 1927 fertiggestellt.).

Eine besondere Stellung nimmt der 1957–1959 eingedeichte Hauke-Haien-Koog südlich von Niebüll ein. Etwa 1200 ha wurden eingedeicht. Nur 500 ha werden landwirtschaftlich genutzt. 700 ha werden als Speicherbecken verwendet, das die Äcker im Frühjahr vor Überschwemmungen aus dem Binnenland schützt.

Küstenschutz und Landgewinnung in den Niederlanden

Schon der Name „Niederlande" gibt Auskunft über die schicksalhafte Problematik unseres nordwestlichen Nachbarlandes: Weite Gebiete liegen tiefer als der Meeresspiegel der Nordsee. Sturmfluten haben hier immer große Schäden angerichtet.

Schon zu der Zeit als die Kreuzfahrer ins Heilige Land zogen, mühte man sich in den Niederlanden intensiv um den Küstenschutz. Um 1300 waren die Provinzen Nord- und Südholland eingedeicht. Allerdings gab es im Hinterland der Deiche noch viele Moore und Binnenseen.

Die Entwässerung begann erst im 17. Jahrhundert und wurde möglich, weil die holländische Windmühle erfunden war. Diese Erfindung ist dadurch gekennzeichnet, daß die Haube der Mühle drehbar ist und bei jeder Windrichtung arbeiten kann. Die berühmten holländischen Windmühlen mahlten überwiegend kein Getreide, sondern pumpten das Wasser der Polder ins Meer. So wurde auch das moorige Hinterland nach und nach trockengelegt.

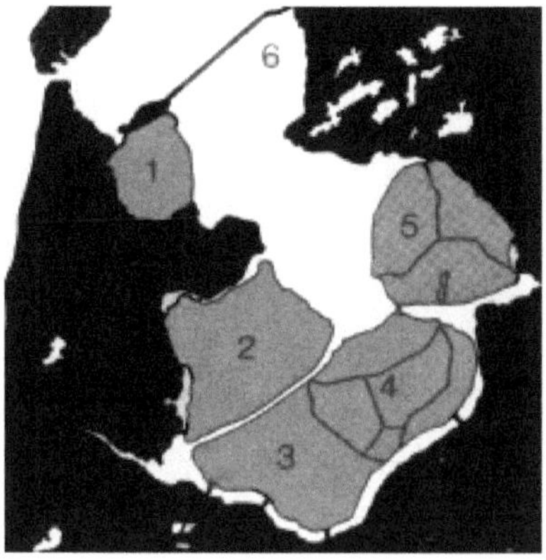

Die Einpolderung der Zuidersee:
1 – Wieringermeer 1927–30
2 – Markerwaard (im Bau)
3 – Süd-Flevoland 1959–68
4 – Ost-Flevoland 1950–57
5 – Nord-Ost-Polder 1937–42
6 – Abschlußdeich 1927–32

Das Ijsselmeer

So haben die Holländer zuerst ihre Küsten durch Deiche geschützt und danach das eingedeichte Land entwässert. In der Zwischenzeit war auch die holländische Bevölkerung stark gewachsen. Der Ackerboden war knapp, viele Bauernsöhne wanderten nach Übersee aus.

Nun begann nach dem ersten Weltkrieg in Holland die dritte Phase: die Landgewinnung aus dem offenen Meer, die Einpolderung der **Zuidersee**.

Der erste **Polder**, der Wieringer-Meer-Polder, wurde noch im offenen Wattenmeer angelegt. Er wurde 1930 fertiggestellt und brauchte zu seinem Schutz noch hohe Seedeiche. Von 1927 bis 1932 baute man einen über 30 km langen und 90 m breiten **Abschlußdamm**, der die ganze Zuidersee vom offenen Meer abriegelte. Nur zwei schleusengeschützte Durchfahrten für den Schiffsverkehr blieben offen.

Dadurch wurde die Zuidersee zum gezeitenlosen Binnenmeer. Mit Hilfe von Ringdeichen, aus denen elektrisch betriebene Schöpfwerke das Wasser auspumpten, wurden in den letzten Jahrzehnten drei weitere große Polder gewonnen: Das Nordost-Polder, Ostflevoland und Südflevoland kommen im Schutz des Abschlußdamms mit wesentlich niedrigeren Deichen aus. Der letzte große Polder, Markerwaard, steht vor der Fertigstellung.

Die frühere Zuidersee heißt heute Ijsselmeer. Die Eindeichung erbrachte einen Landgewinn von 226000 ha, das entspricht einem Landzuwachs der Niederlande um 7%. Die verbliebene Wasserfläche ist in der Zwischenzeit fast ausgesüßt und wird nicht weiter eingepoldert; sie dient jetzt als Süßwasserspeicher.

Der Delta-Plan

Auf die große Sturmflutkatastrophe des Jahres 1952 in der Provinz Zeeland reagierte die niederländische Regierung mit dem Delta-Plan. Von 1958-1968 wurde das ganze gefährdete Gebiet des Rhein-Deltas durch großzügige und aufwendige Schutzbauten, besonders Deicherhöhungen, gesichert.

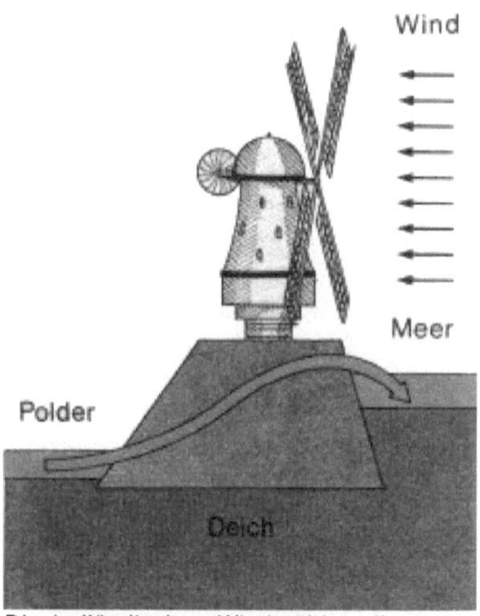

Die holländischen Windmühlen dienten der Entwässerung der Polder.

Eider-Sperrwerk – Ein 4,8 km langer Damm verkürzt die Deichlinie praktisch um 62 km.

Das Eider-Sperrwerk

Die Eider ist mit fast 200 km der längste Fluß in Schleswig-Holstein. Sie entspringt südlich von Kiel und mündet bei Tönning auf der Halbinsel Eiderstedt in die Nordsee. Ursprünglich reichte der Einfluß von Ebbe und Flut über 100 km flußaufwärts, fast bis nach Rendsburg. Darunter litten die Uferregionen, besonders durch den mitunter reißend ablaufenden Elbstrom. Deshalb baute man 1937 bereits südlich von Friedrichstadt ein erstes Sperrwerk; 1967 bis 1972 wurde das große Eider-Sperrwerk südwestlich von Tönning vollendet. Der Damm ist 4800 m lang und 8,5 m hoch. Bei Sturmflut können die fünf je 40 m breiten Durchflußöffnungen mit 250 Tonnen schweren Sieltoren verschlossen werden. Dabei wird das Flußwasser gestaut und erst bei Niedrigwasser abgelassen. Ein 336 m langer Autotunnel bringt zusätzlich eine wesentliche Verkürzung des Wegs von Süden nach St. Peter-Ording.

Eindeichungen – Pro und Contra

Bis vor wenigen Jahren bestand an der Notwendigkeit des Zusammenhangs von Küstenschutz und **Neulandgewinnung** kaum ein Zweifel. Solange diese Maßnahmen langfristig und mit Maß und Ziel betrieben wurden, gab es wohl auch wenig Ursache zum Widerspruch.

Die heutige Zeit jedoch nützt ihre großtechnischen Möglichkeiten zur Bewältigung von ausgedehnten Projekten, der Eindeichung oder Aufschlickung großer Wattenmeer-Bereiche. Dabei könnten weitere landwirtschaftliche Nutzflächen oder Gebiete zur Industrieansiedlung geschaffen werden.

Hier setzt der Widerstand der Naturschützer ein: Sie wehren sich gegen gewaltsame Veränderung der Wattlandschaft durch große Deichbauprojekte. Sie befürchten, daß dadurch die besondere Tier- und Pflanzenwelt des Wattenmeeres zerstört würde.

Die Umweltschutzorganisationen lehnen es ab, daß weitere Neueindeichungen vor die vorhandenen Deiche gezogen werden. Statt dessen schlagen sie vor, zur Verbesserung des Küstenschutzes die vorhandenen Deiche zu erhöhen. Das würde erhebliche Kosten sparen und gleichzeitig viel Natur der einmaligen Wattlandschaft erhalten helfen.

Die Befürworter des Deichbaus argumentieren dagegen, daß bei überproportionaler Erhöhung der Deiche die Gefahr des Wegrutschens ganzer Deichanlagen bestünde. Man könne Deiche nicht überall erhöhen.

Neben einer gewissen Zuspitzung der Standpunkte deuten sich auch Kompromißmöglichkeiten an: Man könnte in eine vorgeschobene Deichlinie Sielzüge einbauen, schleusenähnliche Absperrmöglichkeiten, die nur bei Katastrophen geschlossen würden. Die normalen Gezeitenströme könnten ungehindert durch die Sielzüge fließen. So würden die „Salzwiesen-Lebensgemeinschaften" (s. a. S. 34) auch hinter den „durchlässigen Deichen" erhalten werden.

Alles Leben kommt aus dem Meer

Meer, die Urheimat des Lebens

Über die Entstehung des ersten Lebens auf der Erde gibt es nur wissenschaftliche Vermutungen – Hypothesen.

Sicher ist freilich das Eine: Erst nach der Entstehung der Urmeere und nur mit Hilfe der Sonnenstrahlen konnten die ersten »lebenden Moleküle« aus anorganischen Substanzen entstehen. Bei dieser **Photosynthese** bilden sich aus Kohlendioxyd und Wasser unter dem Einfluß des Lichts die Kohlehydrate, die Grundmoleküle der Pflanzen.

Vermutlich gab es vor etwa 3,5 Milliarden Jahren zuerst nur kleinste, einzellige Lebewesen: winzige Algen und Urtierchen. Nach und nach entwickelten sich mehrzellige Lebewesen, urtümliche Pflanzen und Tiere, z.B. Weichtiere und Schwämme. Bis es die ersten Fische im Meer gab, vergingen wohl noch 3 Milliarden Jahre.

Danach aber muß sich die weitere Entwicklung der Arten wesentlich schneller vollzogen haben. Wir wissen, daß Europa in verschiedenen Erdzeitaltern von Meeren überflutet war. So finden die Wissenschaftler die Ablagerungen dieser Meere in den einzelnen geologischen Schichten wieder.

So gab es bereits im **Kambrium** (vor 500 Mio. Jahren) eine Fülle von z.T. hochentwickelten Lebewesen.

Bekannter noch ist die Tatsache, daß sich das **Erdöl** aus den Ablagerungen von unzähligen Kleinlebewesen auf frühen erdgeschichtlichen Meeresböden gebildet hat. Diese fetthaltigen Ablagerungen wurden später von Sand, Ton und festeren Gesteinsschichten abgedeckt und eingeschlossen.

Besonders vielfältig sind die Tiere und Pflanzen, die man als fossile Versteinerungen oder Abdrücke aus der **Jurazeit** gefunden hat. Diese Lebewesen »bewohnten« das Jurameer vor etwa 150 Mio. Jahren. Zahlreiche schöne Fossilien findet man immer wieder im Solnhofer Schiefer und auf der Schwäbischen Alb.

Auch die **Kreideschichten**, die es in Europa – besonders in Form von Kreideküsten – gibt, sind Zeugnisse frühen maritimen Lebens: Kreide besteht im wesentlichen aus Kalk. Aus den kalkhaltigen Resten kleinster Meeresbewohner vor 100 Mio. Jahren, die sich in dicken Schichten ablagerten (Rügen, Dover, Calais, Moen), ist eine ganze erdgeschichtliche Formation geworden (siehe Bild 15).

»Fressen und gefressen werden«

Lebensraum Meer – Nahrungskette Meer

Das Meer ist auch heute noch der artenreichste und vielfältigste Lebensraum, den man sich vorstellen kann. In ihm leben mikroskopisch kleine Einzeller und tonnenschwere Säugetiere. In großen Tiefen gibt es Lebewesen, deren Verwandte auf den Festländern der Erde seit Millionen von Jahren ausgestorben sind.

Die Summe der im Meer lebenden Pflanzen und Tiere bildet kein zufälliges Nebeneinander, sondern eine wohlgeordnete, **Nahrungskette**, einen Lebenskreislauf.

Diese Nahrungskette beginnt in den oberen Wasserschichten, in die noch das Sonnenlicht dringt. Hier entwickeln sich in unschätzbarer Fülle winzige, einzellige Pflanzen, das **Phytoplankton**, z.B. Kieselalgen (Diatomeen). Sie bilden das chlorophyllhaltige Futter für die Kleinsttierwelt des Meeres, das **Zooplankton**. Das sind freischwebende Tiere verschiedener Größe. Sie bewegen sich selbst kaum fort und lassen sich im Meer treiben. Zur großen Fülle der Plankton-Fauna gehören u.a. auch Quallen, Ruderfußkrebse, Schnecken.

Zooplankton ist wiederum die Hauptnahrung für eine große Zahl kleinerer und mittlerer Fische. Die meisten Arten, die wir als »Seefische« auf unseren Speisekarten finden, sind Planktonfresser. Aber auch die Bartenwale, unsere größten Meeressäuger, ernähren sich von einer Zooplanktonart, dem **Krill**.

Die Kette setzt sich fort: Mittlere Fische fressen kleine Fische und werden schließlich selbst von den großen gefressen.

Tod und Zersetzung allen organischen Lebens gehört zum weiteren Kreislauf. Er findet vorwiegend auf dem Meeresboden statt. Wenn sich die herabgesunkenen organischen Stoffe unter dem Einfluß von Bakterien zersetzen, dann werden sie wieder in ihre anorganischen Ausgangsstoffe zerlegt: Kohlenstoff, Phosphate, Silikate. Die Meeresströmungen spülen diese Stoffe wieder an die Oberfläche. Hier bauen sie, wieder mit Hilfe des Sonnenlichts, neues pflanzliches Plankton auf. Der Kreislauf hat sich geschlossen.

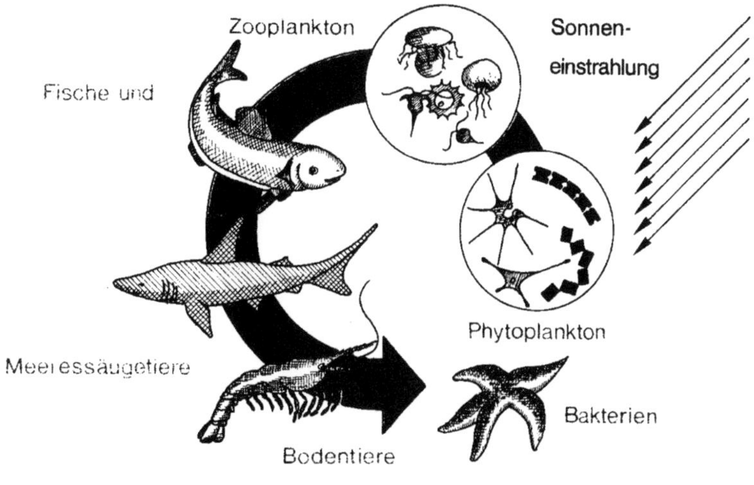

Nahrungskette Meer

Pflanzen im Meer

Algen und Tange

Gegenüber den auf dem Festland lebenden Pflanzen nimmt sich die Pflanzenwelt der Meere bescheiden aus. Das gilt für ihren Artenreichtum wie für ihre Erscheinungsformen. Meerespflanzen sind unscheinbar, sie haben keine richtigen Wurzeln und mit Ausnahme des Seegrases keine Blüten. Den größten Teil der Meerespflanzen stellen die **Algen**.
Man findet Algen im kleinsten Tümpel wie im Ozean, im Süß- und auch im Salzwasser. Manche sind mikroskopisch kleine Einzeller (z.B. die Kieselalgen). Die meisten von ihnen enthalten Chlorophyll wie unsere Landpflanzen, zu dessen Bildung sie das Licht der Sonne brauchen (s. S. 31). Daher nimmt die Zahl der Meeresalgen mit zunehmender Wassertiefe ab. Unter 150 m Tiefe gibt es kaum noch Algen.

Nicht alle Algen sind einzellige Pflanzen. Es gibt auch vielzellige Arten, z. B. die **Tange**, auch Seetang genannt. Er bedeckt mitunter in richtigen »Wäldern« den Meeresboden der Flachsee. Einzelne Pflanzen können 30 – 50 m lang werden. Nach stürmischem Wetter finden Badegäste oft Braunen Tang. Er wird von den Wellen losgerissen und in großen Mengen an den Strand gespült.

Tang gehört zu den Braunalgen, die in der Nord- und Ostsee vor allem als **Blasentang, Sägetang** und **Knotentang** vorkommen.

Weiterhin gibt es die **Rotalgen**, die auch noch in größeren Tiefen wachsen und die **Blaualgen**, die sogar in stark verschmutzten Gewässern leben können.

Algen haben keine feste Körperform. Bei Niedrigwasser liegen sie flach im Schlick. Mit ihren Klammern und Haftscheiben heften sie sich am Boden fest. Von Schiffsrümpfen muß der Algenbelag in regelmäßigen Abständen entfernt werden.

Algen bilden bereits heute die Grundstoffe für chemische, pharmazeutische und kosmetische Zwecke. – Seetang benützt man an Frankreichs und Englands Küsten schon seit Jahrzehnten als Düngemittel. – Manche Algen sind für den Menschen genießbar. In Japan werden bestimmte Algenarten bereits als Kulturpflanzen gezüchtet. Man ißt sie als Gemüse oder verarbeitet sie zu Algenbrot.

Meersalat

Horntang

Knotentang

Der Blasentang gehört zu den Braunalgen. Die kleinen gasgefüllten Bläschen halten die Pflanzen im Wasser aufrecht. Angetriebenen Blasentang findet man häufig am Spülsaum.

Der Queller siedelt sich in der Übergangszone von Wattenmeer zur Salzwiese an und ist als Schlickfänger bei der Landgewinnung von großer Bedeutung.

Pflanzen im Watt

Das Watt ist ein schwieriger Lebensraum für Pflanzen und Tiere. Sie müssen sich pausenlos an wechselnde Umweltbedingungen d. h. Ebbe und Flut anpassen. Sie können unter (Salz-) Wasser und in freier Luft leben. Auch die Temperaturschwankungen, denen sie im Wattenmeer ausgesetzt werden, sind recht groß.

Der Flutstrom lagert jedesmal Milliarden des pflanzlichen Plankton auf dem Wattboden ab, dazu noch viele Tangteile. Beides ist bestes »Weidefutter« für die Tierwelt des Wattenmeeres (s. S. 36).

Von »angewachsenen« Pflanzen findet man im Wattenmeer nur wenige höhere Blütenpflanzen, die Seegräser. Dazu gehören das **Echte Seegras** und das **Zwergseegras.** Man findet Seegraswiesen weit draußen im Watt, vom metertiefen Wasser bis zur Niedrigwassergrenze hinauf.

Seegraswiesen haben wichtige Nahrungs- und Schutzfunktionen für die Tiere des Watts. Zum Stopfen von Matratzen und zur Düngung von Ackerland spielt Seegras heutzutage kaum noch eine Rolle.

In der landeinwärts angrenzenden Zone des Wattenmeeres gibt es zwei Pflanzenarten, die besonders für die Neulandgewinnung Bedeutung haben: Das **Englische Schlickgras** und der **Queller** (s. a. S. 28).

Das Englische Schlickgras wagt sich am weitesten hinaus, teilweise bis zu einem Meter unter die mittlere Hochwasserlinie. Es war ursprünglich in Nordamerika heimisch und wuchs später auch an der englischen und französischen Küste. Vor über 50 Jahren wurde das Englische Schlickgras zur Landgewinnung auch an der Schleswig-Holsteinischen Küste ausgesät.

Der Queller gilt als die eigentliche Pionierpflanze des Watt, die als Schlickfänger bei der Neulandbildung eine bedeutende Rolle spielt (s. a. S. 28). Er siedelt sich in Gebieten zwischen 10 cm unter und 10 cm über der mittleren Hochwasserlinie an.

Besonders interessant ist bei den wenigen Blütenpflanzen des Watts die Verbreitung der Blütenpollen: Sie wird weder durch Insekten noch durch den Wind vorgenommen. Den Transport der Pollen zu den weiblichen Blüten besorgen hier die Wellen.

Echtes Seegras

Englisches Schlickgras (Spartina)

Die Salzwiese liegt im Übergangsbereich von Salz- und Süßwasser. Hier siedeln sich verschiedene Pflanzenarten an, »Pflanzengesellschaften«, die in dieser Zusammensetzung nur auf den Salzwiesen vorkommen.

Die Salzwiese

Als Salzwiese oder Salzmarsch bezeichnet man den Uferbereich der Wattküste, der zwar über der mittleren Linie des Hochwassers liegt, aber bei Hochwasser und Sturmfluten noch häufig überflutet wird.

Auf den Salzwiesen können sich Pflanzen ansiedeln, die weder auf den regelmäßig überfluteten Wattflächen wachsen können, noch in reinen Süßwasserregionen wattfernerer Flächen. Hier, im Übergangsbereich vom salzigen zum süßen Wasser (= Brackwasser), gedeiht eine Vielzahl von salzertragenden Blütenpflanzen, die man als **Salzwiesengesellschaft** bezeichnet.

Je nach Standort variiert die Salzwiesengesellschaft in ihrer Zusammensetzung etwas. Als typische Salzwiesenpflanzen nennt H. Kesseler, Biologische Anstalt Helgoland, Litoralstation List: Andelgras, Strandmilchkraut, Stranddreizack, Tausendgüldenkraut, Salz-Schuppenmiere, Straußgras, Strandflieder, Strandbeifuß, Salzaster, Strand-Wegerich, Strand-Grasnelke, Hornklee.

Leider sind viele Salzwiesenpflanzen bedroht. Durch Eindeichung und Entwässerung kann der Salzgehalt des Bodens zurückgehen und die Pflanzengesellschaft aussterben.

Salzaster

Sandstrand Spülsaum	Vordüne Primärdüne	Weißdüne Sekundardüne	Graudüne Tertiärdüne	Braundüne	Salzwiesen Andelrasen	Watt Seegraswiese
Melde Strand-Melde	Strand-Quecke Strandmiere Salzkraut Strandroggen	Meersenf Strandhafer Strandroggen Stranddistel Strandhafer	Sand-Segge Silbergras Sandglöckchen Kriech-Weide Dünen-Veilchen	Krähenbeere Heidekraut Rauschbeere Glockenheide	Strandgrasnelke Salzaster Strandbeifuß Strandflieder Schlickgras Queller	Queller Seegras

Pflanzengesellschaften (Querschnitt durch eine Nordseeinsel)

Der erste Bewuchs einer neuen Düne ist der anspruchslose Strandhafer. Wanderdünen werden oft mit Strandhafer künstlich »besteckt«, um den Sand festzuhalten.

Pflanzen in den Dünen

Auf die Bildung von Dünen wurde bereits bei der Darstellung von Küstenformen eingegangen. Entscheidend für den Bestand einer Düne ist ihre Pflanzenwelt. So gibt es in den verschiedenen Stadien der Dünenbildung auch die jeweils typischen Pflanzengesellschaften.

Die erste Dünenbildung in Strandnähe ist die noch kleine **Vordüne** (Primärdüne). Hier findet man die **Strandquecke**, einen typischen Sandfänger, den lilablühenden **Meersenf** und die **Sandmiere**.

Hinter der Vordüne liegt die noch spärlich bewachsene **Weißdüne** (Sekundärdüne). Die wichtigste und wohl auch bekannteste Pflanzenart ist hier der **Strandhafer**, der sich das Wasser mit seinen meterlangen Wurzeln aus der Tiefe des Dünensandes holt. Strandhafer wird oft künstlich gegen das »Wandern« der Dünen angepflanzt. Weiterhin findet man hier den **Strandroggen** und die **Stranddistel** (steht unter strengem Naturschutz!).

Wenn die Weißdüne jahrelang von ihren typischen Pflanzengesellschaften besiedelt worden ist, bildet sich über dem Dünensand allmählich eine Humusschicht, die auch anspruchsvolleren Pflanzenarten das Leben ermöglicht.

Die Pflanzen in diesem tertiären Dünenbereich (Grau- und Braundüne) gehören bereits nicht mehr zur eigentlichen Küstenflora, sondern zu den Pflanzengesellschaften der Heide (z. B. der Lungen-Enzian).

Strandhafer (Blütenstand)

Strandroggen (Blütenstand)

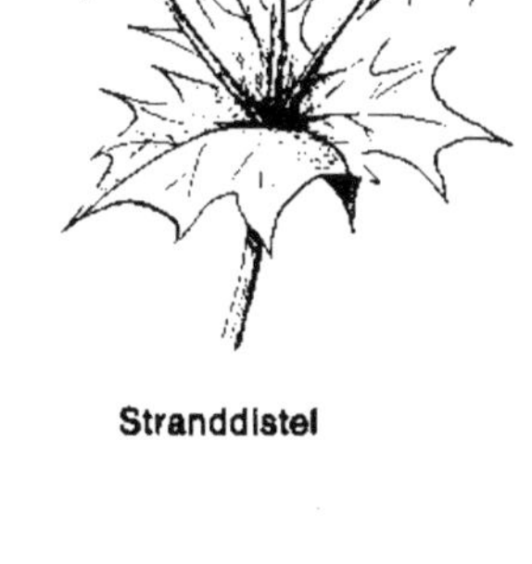

Stranddistel

Lungen-Enzian

Die Tiere des Meeres

Die ersten Lebewesen entstanden im Urmeer etwa vor 3,5 Milliarden Jahren, zunächst das pflanzliche Plankton, danach das Zooplankton. Über drei Milliarden Jahre vergingen noch, bis die ersten Tiere aus dem Meer »an Land stiegen«.

So gibt es heute bestimmte Tierarten, die nur für das Leben auf dem Festland eingerichtet sind, während andere nur im Meer leben können. Säugetiere sind überwiegend Landtiere, wenn man zunächst von Walen, Robben und Delphinen absieht. Auch ausschließlich im Meer lebende Vögel sind selten. Pinguine gehören zu den Ausnahmen. Auffällig sind auch die wenigen Insekten im Meer, während es an Land vor Insekten geradezu wimmelt.

Echte und ausschließliche Wasserbewohner sind die Fische.

Über die **Nahrungsketten** im Meer wurde schon berichtet. Da der Ursprung dieser Nahrungsketten vom Sonnenlicht abhängig ist, zeigt sich die Tierwelt in den oberen Meeresschichten reicher als in der Tiefsee. Denn auch am Meeresboden herrscht Leben. Seine Bewohner leben von den Stoffen, die aus den oberen Schichten herabgesunken sind, z. B. von den Abfällen des Zooplanktons.

Das Leben im Ozean ist nicht gleichmäßig verteilt. Das liegt nicht so sehr an den unterschiedlichen Temperaturen des Oberflächenwassers, sondern an dem verschiedenen Gehalt von Nährstoffen. Dort, wo viele Nährstoffe durch die Tiefenströmungen an die Oberfläche gespült werden, herrscht das meiste Leben im Ozean. Ruhige, strömungslose Meere sind unfruchtbar.

Tiere im Wattenmeer

Im Mündungsgebiet von Weser und Elbe und im eigentlichen Wattenmeer gibt es ursprünglich ein besonders reiches Tierleben. Ein Besucher aus dem Binnenland, der zum ersten Mal an die Nordsee kommt, bemerkt davon zunächst nicht viel. Erst allmählich wird er auf seinen Streifzügen das Leben im Watt entdecken: Strandschnecken, Miesmuscheln, Seepocken . . .

Bestimmt fallen dem Urlauber die vielen Seevögel auf. Was suchen die Vögel dort im Schlick und auf dem feuchten Sandboden? Die Antwort ist einfach: Sie sind auf Nahrungssuche.

Wir treffen dort auf die ganz besonders reiche **Nahrungskette Wattenmeer**: Mit jeder Flut strömt nährstoffreiches Wasser ins Wattenmeer, das viele Salze enthält, Nitrate, Phosphate und Silikate. Diese Nährstoffe sind der beste Dünger für das Plankton des Wattenmeeres. Sauerstoffreichtum und die geringe Wassertiefe des Watts begünstigen weiterhin seine Entwicklung.

Das Plankton wiederum ist die Lebensgrundlage für unzählige Kleintiere des Watts: Würmer, Schnecken, Muscheln und Krebse. Diese Kleintiere sind es, welche die vielen Vögel anlocken.

Während die Würmer, Muscheln, Schnecken und Garnelen (»Krabben«) ständige Bewohner des Watts sind, könnte man bestimmte Fische und Vögel eher als »Gäste« bezeichnen. Sie finden hier im Wattenmeer ihren gedeckten Tisch.

Viele Tiere der Gezeitenregion sind immer der Gefahr ausgesetzt auszutrocknen. Sie haben daher Schutzeinrichtungen entwickelt, die ihr Leben sichern helfen. Dazu gehören flache Körperformen, verschließbare Gehäuse oder die Möglichkeit, sich in feuchtem Sand und Schlick einzugraben.

So findet man im Watt recht auffällige Sand- und Schlickschnüre, die in kleinen Häufchen den Boden bedecken. Sie entstehen dadurch, daß die vielen hier lebenden **Sandwürmer** ihre Nah-

Vogelschwärme im Watt: Möwen, Austernfischer, Strandläufer.

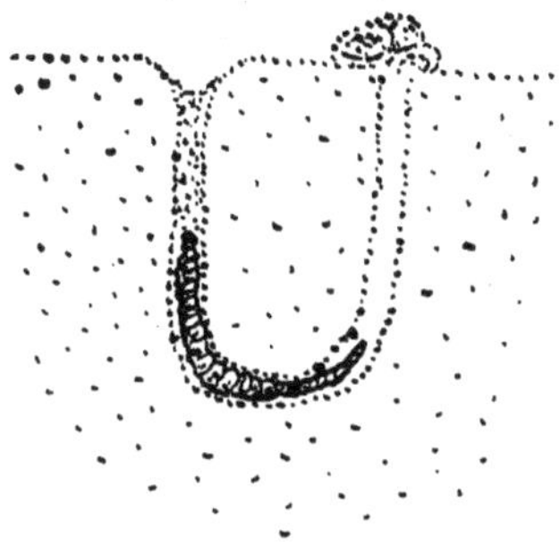

Sand- oder Pierwurm

rung mit dem Sand aufnehmen und nach erfolgter Verdauung den Sand wieder ausscheiden. Die Sandwürmer leben in selbstgegrabenen, U-förmigen Röhren etwa 20–30 cm tief im Wattboden. Außer den Sandwürmern gibt es noch zahlreiche andere Wurmarten in Watt und Meer.

Muscheln und Schnecken

Auch Muscheln und Schnecken leben von den Nährstoffen im Wattboden. Allein bis zu 50 000 **Wattschnecken** besiedeln die Fläche eines Quadratmeters! Typische Vertreter sind u. a. die Felsenstrandschnecke, die spitze Strandschnecke und die stumpfe Strandschnecke. Von den Muscheln unterscheiden sich die Schnecken außer dem »Schneckenhaus« durch die Fortbewegungsmöglichkeit mit dem Kriechfuß. Als Schutz gegen Austrocknen können manche Schneckenarten ihr Haus »zudeckeln«.

Weiter draußen im Watt leben die Kolonien der **Miesmuscheln**. Bei Ebbe schließen sie ihre Schalen und kommen mit einem kleinen Wasservorrat aus. Bei Flut pumpen sie das Wasser durch ihre Kiemen. Eßbares wird wie in einem Filter zurückgehalten, Ungenießbares wird ausgestoßen. Auf diese Weise filtern die Miesmuscheln große Wassermengen. Neben den Miesmuscheln gibt es im Watt vor allem noch die Herzmuscheln und die Klaffmuscheln.

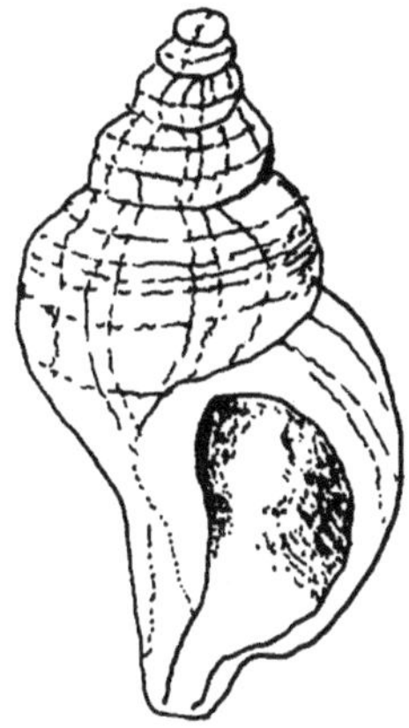

Wellhornschnecke

Miesmuschel

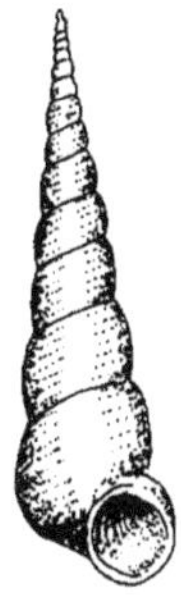

Turmschnecke

Nabelschnecke

Islandsmuschel

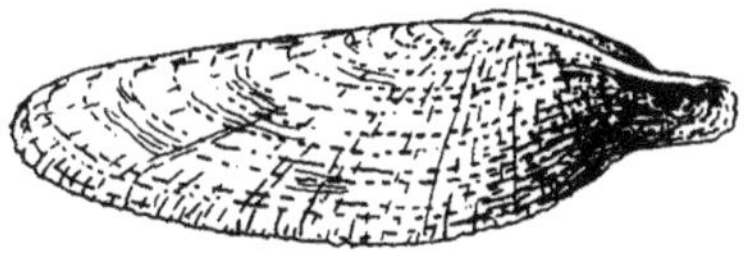

Gewöhnliche Bohrmuschel

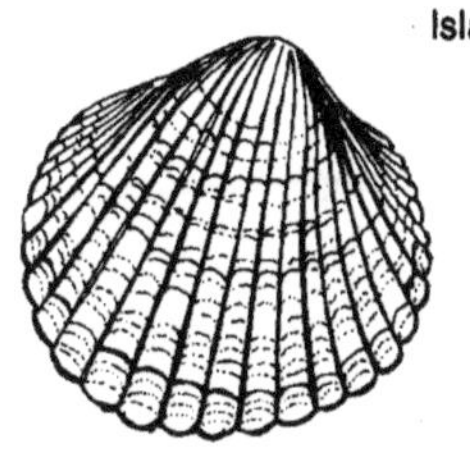

Herzmuschel

Blasenschnecke

»Treibgut« am Spülsaum: Blauviolette Miesmuscheln, helle Herzmuscheln, Grünalgen (Meersalat).

Kinderstube und Futterplatz

Mit der Flut kommen **Plattfische** (Scholle, Flunder, Seezunge) in die flachen Wattgebiete und finden unter den Kleintieren reiche Beute. Viele Nordseefische leben nur als Jungfische im Watt, um später wieder ins offene Meer zurückzukehren. Zu den Fischarten, die das Wattenmeer als Kinderstube benutzen, gehören Heringe, Schollen und Seezungen.

Scholle

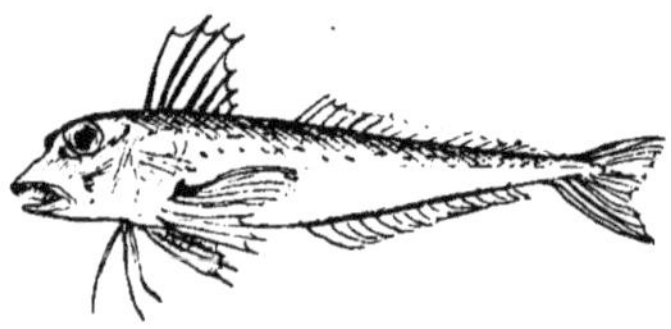

Knurrhahn

Die **Vögel** im Wattgebiet sind teilweise nur vorübergehend dort zu Gast. Es ist nicht nur die Nahrungssuche, die sie hierher zieht. Viele finden hier einen sicheren Ort für den Gefiederwechsel, zur Zeit der Mauser. Im Spätsommer liegen auch die Rastplätze zahlreicher Zugvögel im Watt. Von den arktischen Gänsen rasten sowohl Ringelgans (»Rottgans«) als auch Weißwangengans (»Nonnengans«) gern im Wattenmeer.

Funde im Spülsaum

Für den Urlauber ist die Flutkante des letzten Hochwassers immer wieder reizvoll. Besonders Kinder können dort zu begeisterten Sammlern werden. Hier bleibt liegen, was die letzten Flutstände herangeschafft haben. Man nennt diesen Streifen **Spülsaum**. Besonders nach stürmischem Wetter ist dieser Auswurf des Meeres sehr reichhaltig.

Natürlich bringt die Flut auch massenhaft Zivilisationsmüll zum Spülsaum, Flaschen, Plastikteile, Baustoffabfälle. Aber im wesentlichen findet der Strandbummler angespültes Seegras, Tange und eine Vielzahl schöner Muschel- und Schneckenschalen.

Besondere Raritäten sind die »Schulpe«, innere Kalkteile von Tintenfischen.

Graugänse auf der Wattwiese

Man hängt diese Schulpe übrigens gern den Stubenvögeln zum Schnabelwetzen auf.

Außerdem findet man gelegentlich die hornigen Eikapseln von Haien und Rochen. Auch die Hartteile von Stachelhäutern kann man im Spülsaum sammeln wie Schalenskelette von Herz- und Seeigel und verschiedene Seesternarten.

Wer ein bißchen Glück hat, findet im Spülsaum sogar angespülten **Bernstein**, jene vesteinerten Harztropfen urzeitlicher Nadelwälder, gelegentlich sogar mit einem eingeschlossenen Insekt.

Tintenfische sind keine »richtigen« Fische, sondern eher mit Schnecken und Muscheln verwandt. Sie stellen eine sehr frühe Tierform dar, die es schon vor Millionen von Jahren im Ozean gab.

Strandgespül: Neben einem außerordentlich großen Seestern liegen zwei Miesmuscheln (links) und eine Schwertscheidemuschel (oben). Darunter Tintenfischschulp und Herzmuscheln, daneben Wellhornschnecken und Laichballen, Blasentang und Auster. Unten zwei Seeigel und zwei versteinerte Seeigel aus der Kreidezeit.

Leben an den Felsküsten

Im Gegensatz zum Wattenmeer mit seinem sich ständig verändernden Boden bieten Felsenküsten Plätze für Pflanzen und Tiere, an denen sie sich festhalten können. Hier herrscht eine große Vielfalt an Lebewesen. Bei Ebbe sieht man verschiedenfarbige, horizontal verlaufende Bänder an den Felsen, welche verschiedene Vegetationen anzeigen: Flechten und Tange. In Felsspalten und Gezeitentümpeln findet man Pflanzen und Tiere, die ein längeres Trockenliegen nicht überstehen, z. B. Seeanemonen.

An den Felsen haben sich die krustigen, kleinen Seepocken niedergelassen (die sich übrigens auch an den Schiffen unterhalb der Wasserlinie festsetzen). Ebenso wie die dort festsitzenden Muscheln und Schnecken entlassen sie bei Flut ihre Eier ins Meer.

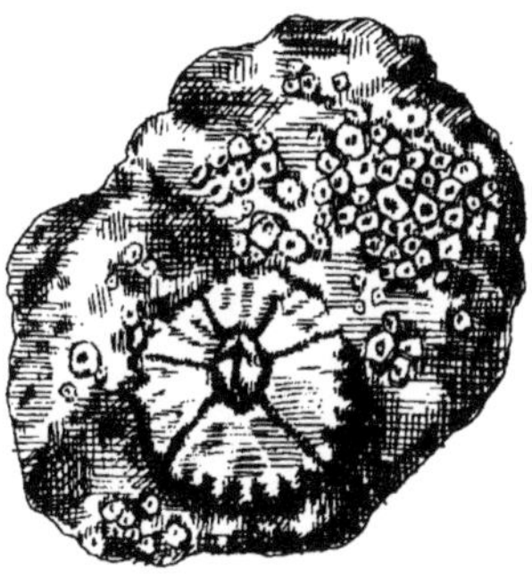

Seepocken

Trottellumme

Gerade an den Felsenküsten gibt es Tierarten, die schon im Übergangsbereich vom Meeres- zum Landtier liegen, z. B. die verschiedenen Strandschneckenarten. Sie vertragen bereits kürzeres oder längeres Trockenfallen und können auch schon Sauerstoff aus der Luft aufnehmen. Vermutlich waren es in der Urzeit der Erde auch diese Tierarten, welche zuerst aus dem Meer an Land stiegen.

Berühmt sind viele Felsenküsten wegen des Artenreichtums ihrer Vogelwelt (»Vogelfelsen«). Ein besonders typischer Felsbrüter ist die **Trottellumme**, die wir auch auf Helgoland antreffen.

Gefährliche Quallen?

Von Schiffen oder Booten aus sieht man zuweilen Schwärme von weißen oder zartblauen oder zartrosa Schwimmtieren, die an der Wasseroberfläche treiben. Es sind **Quallen**, die auch zu den Hohltieren gehören. Unter ihren schirmartigen Glocken sitzen bei manchen Arten ebenfalls Nesselfäden, deren Giftwirkung auch für den Badegast recht unangenehm sein kann.

Interessant ist die Schwimmbewegung der Quallen: Sie saugen Wasser in ihre hohlen Körper und pressen es wieder aus. Durch den so entstehenden Rückstoß bewegen sie sich fort.

Kompaßqualle

Nicht alle Seerosen sind Blumen

sondern fleischfressende Hohltiere. Sie sehen lediglich wie prächtige Blumen aus, wenn sie – mitunter in großer Zahl – am Untergrund haften.

Zu diesen »Blumentieren« gehören die **Seerosen, Seeanemonen, Seenelken.**

Ihre Nesselfäden schießen hervor, wenn ein kleiner Fisch oder Krebs in die Nähe kommt. Meist verspritzen sie aus den Nesselfäden ein Gift, das die Beutetiere lähmt. Andere Blumentiere haben klebrige oder mit Widerhaken besetzte Nesselfäden, um die Beute an sich zu ziehen.

Seenelke

Seeanemone

Auch **Schwämme** sind Hohltiere, allerdings weit harmlosere als Seeanemonen und Quallen. Ihre Nahrung besteht aus winzigen Schwebstoffen, die sie mit ihren von unzähligen Hohlräumen durchsetzten Körpern aufsaugen. Eine dieser Arten kennen wir als Badeschwamm. Sie wurden in früheren Zeiten von Schwammtauchern mit Speeren vom Meeresboden geholt. Mit den pflanzlichen Schwämmen des Festlandes, die zu den Pilzen gehören, haben die Schwammtiere des Meeres nur den Namen gemeinsam.

Krebse und Krabben

Krebse sind Gliederfüßler. Ein kleiner Teil von ihnen ist im Laufe der Entwicklungsgeschichte an Land gegangen, doch die weitaus größte Zahl von ihnen lebt in der Gezeitenzone.

Es gibt zwei große Gruppen, die Langschwanz- und die Kurzschwanzkrebse. Zu ersteren gehören die bekannten **Hummer,** eine besondere kulinarische Spezialität norddeutscher Küche. Hummer können bis zu 50 cm lang werden; sie haben enorm kräftige Scheren.

Eine entfernte Verwandte des Hummers ist die in wärmeren Gewässern vorkommende **Languste.**

Alle **Krabben** sind Kurzschwanzkrebse. Zu den »echten« Krabben gehört die Strandkrabbe. Plattdeutsch »Dwarslöper« = Seitwärtsläufer. Auch die **Wollhandkrabbe,** die in Fischernetzen beträchtlichen Schaden anrichten kann und der **Taschenkrebs** gehören zu den Krabben.

Die Speisekrabben dagegen, die unsere Krabbenfischer fangen, sind eigentlich kleine, schwimmende Langschwanzkrebse (»Garnelen« oder »Granat«).

Einsiedlerkrebse nehmen eine Sonderstellung ein. Sie haben keinen eigenen Panzer wie die übrigen Krebse. Sie suchen sich daher eine Wohnung, in einem passenden Schneckenhaus. Diese Wohnung müssen sie im Laufe ihres Lebens mehrmals wechseln, weil sie ihnen zu eng wird.

Taschenkrebs

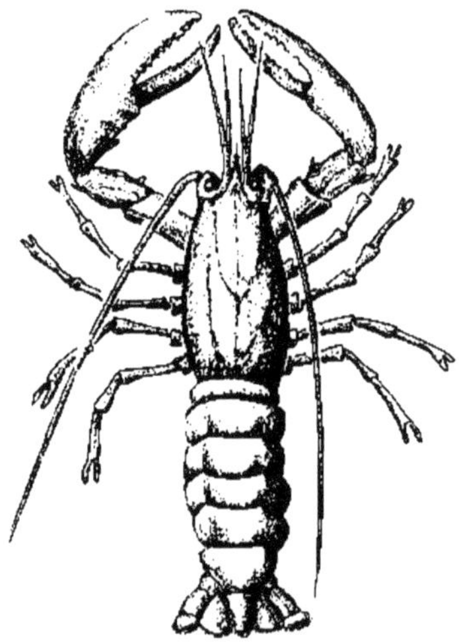

Hummer

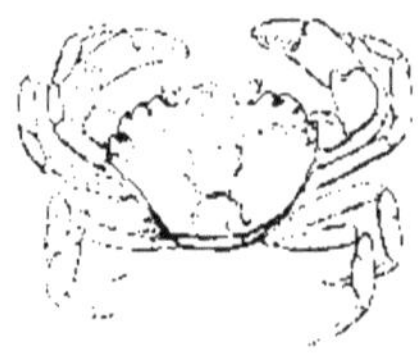

Strandkrabbe

Garnele

Einsiedlerkrebs

Der Hummer ist ein Langschwanzkrebs. Er gilt als Leckerbissen und wurde früher vor Helgoland viel gefangen. Erst beim Kochen werden alle Krebse rot.

Der exotisch anmutende Säbelschnäbler wurde zum Symbol des Seevogelschutzes. In der ersten Jahrhunderthälfte noch sehr selten, ist er jetzt – dank der Schutzmaßnahmen – regelmäßiger Bewohner der Wattküsten.

Großer Brachvogel

Watvögel

Obwohl Watvögel oft im Watt leben, haben sie ihren Namen vom »Waten«. Die Gründe für ihren Aufenthalt im Watt wurden bereits erwähnt (s. S. 36 u. 38). Mit ihren mehr oder weniger langen Beinen waten sie durch Schlick und feuchten Sand und suchen Nahrung.

Die wichtigsten Gruppen sind die Kiebitzvögel, Brachvögel, Schnepfenvögel, Wasserläufer, Strandläufer sowie Säbelschnäbler und Austernfischer.

Jede dieser Watvogelarten hat ihre eigene Methode der Nahrungssuche. Die Regenpfeifer picken gezielt nach Kleintieren. Säbelschnäbler seihen ihre Nahrung aus dem schlicken Wasser. Die Austernfischer ziehen Würmer aus dem Wattboden und öffnen auch Muscheln. Eiderenten und Silbermöwen dagegen verschlucken die Schalentiere ganz.

Austernfischer

Alpenstrandläufer

Sandregenpfeifer

Brandgänse

Enten und Gänse

Enten und Gänse unterscheiden sich von den Watvögeln durch ihre Gestalt, Schwimmfähigkeit (Schwimmhäute zwischen den Zehen) und durch die Art ihrer Nahrungssuche. Viele Enten tauchen nach ihrer Nahrung (Tauchenten); sie können aber auch im Schlick gründeln oder im Strandwiesengebiet nach Kleintieren suchen (Schwimmenten).

Gänse haben es dagegen mehr auf pflanzliche Nahrung abgesehen. Die Ringelgans lebt hauptsächlich vom Seegras.

Als eine Pilzkrankheit in den dreißiger Jahren die Seegrasbestände der Nordsee fast völlig ausrottete, ging die Zahl dieser »Rottgans« (nach dem »rott-rott-Ruf« auch so genannt) als Durchzugsvogel bei uns sehr zurück, so daß man schon deren Ausrottung befürchtete. Der Bestand hat sich aber wieder erholt.

Möwen und Seeschwalben

Wohl die bekanntesten aller Seevögel sind die **Möwen.** Sie können zwar schwimmen wie die Enten, aber nicht tauchen.

Möwen sind Allesfresser. Oft folgen sie den Schiffen eine Strecke weit, um von den Abfällen mitzuleben. Die Silbermöwen bevölkern außerdem bereits zu Tausenden die Müllhalden der Küstenstädte. Unsere Wegwerfgesellschaft hat ihre Vermehrung außerordentlich gefördert. Da die Silbermöwen dazu noch gefährliche Nesträuber sind, welche die anderen, schwächeren Seevogelarten bedrohen, werden sie durch den »gelenkten« Seevogelschutz vermindert.

Weitere bekannte Möwenarten sind die Mantelmöwe, die Sturmmöwe und die Raubmöwenarten. – Die Lachmöwen sind zu echten Küstenbewohnern geworden, obwohl ursprünglich Binnenlandmöwen.

Seeschwalben erinnern nur durch ihre gegabelten Schwanzfedern an »richtige« Schwalben. In Wirklichkeit sind sie Verwandte der Möwen. Sie brüten auf den Vogelinseln der Ost- und Nordsee.

Bekannt sind die Kolonien der Brandseeschwalben z. B. auf der Hallig Norderoog. Die Küstenseeschwalben legen ihre ebenfalls kunstlosen Nester nicht so sehr auf »Tuchfühlung« an.

Seeschwalben

Staunenswert sind die Flugleistungen der Seeschwalben: Alle Küstenseeschwalben überwintern in der Antarktis. Sie fliegen also jeden Herbst aus unseren Breiten 18000 Kilometer nach Süden und im Frühling wieder 18000 Kilometer zurück!

Seeschwalben sind **Stoßtaucher.** Sie lassen sich aus 3–10 m Höhe mit angelegten Flügeln ins Wasser fallen, wenn sie einen Beutefisch entdeckt haben. Die gleiche Sturzflugtechnik wenden sie an, um Eindringlinge aus ihrem Brutbereich zu vertreiben.

Lachmöven

Die Dreizehenmöwe ist ein Vogel der felsigen Steilküsten, der auch auf Helgoland nistet.

Seehunde auf der Sandbank. Wird dieses Bild vor der deutschen Nordseeküste bald der Vergangenheit angehören?

Kegelrobben

Säugetiere der Meere

Die größten Tiere der Erde leben im Meer und sind Säuger: die **Wale.** Sie stammen wie die Robben von Landtieren ab. Die vorderen Gliedmaßen sind wie »Flossen« umgebildet, die hinteren sind im Skelett nur noch andeutungsweise erhalten.

Die größten Walarten leben in arktischen und antarktischen Meeren, können allerdings als Irrgäste an allen Küsten vorkommen. Ihr Körperbau ist ausschließlich auf das Leben im Wasser hin »konstruiert«. Gestrandete Wale werden durch das eigene Gewicht erdrückt und kommen bald um.

Die Bartenwale sind Planktonfresser. Mit ihrem eingebauten »Reusen-Apparat« filtern sie ungeheure Mengen von Kleinkrebsen aus dem Meerwasser.

Seehund

Blauwal

Die bekanntesten Walarten sind der Blauwal (Bartenwal) und der Pottwal (Zahnwal).

Alle Wale sind in den letzten dreihundert Jahren erbarmungslos verfolgt worden. Die technisch immer perfekteren Fangmethoden haben manche Walarten fast ausgerottet. Erst in den letzten Jahrzehnten versucht man mit wechselndem Erfolg, die Jagd nach Tran, Öl und Speck durch internationale Walfang-Abkommen einzuschränken oder ganz einzustellen.

Robben und somit auch die Seehunde stammen von Landraubtieren ab, das beweist u. a. ihr Gebiß. Im Gegensatz zum Wal sind die Ansätze der Hinterbeine im Schwanzflossenpaar noch deutlich zu erkennen. Sie leben fast ausschließlich von Fischen. In der Nordsee trifft man die Seehunde auf den Sandbänken der holländischen Küste und in der Deutschen Bucht. Ihre Zahl hat in den letzten Jahren stark abgenommen, wahrscheinlich sind Tourismus, Fluglärm und auch die Schadstoffe im Meer dafür verantwortlich.

In der »Wurfzeit« der Jungen müssen alle Robben an Land oder auf das Eis. Das nutzen die Robbenjäger rücksichtslos aus, die alle Robbenarten wegen ihrer Pelze schon seit Jahrhunderten gnadenlos verfolgen. Das Abschlachten der Robbenbabies vor der kanadischen Küste ist nur ein besonders makabres Beispiel.

In jüngster Zeit bahnen sich erste Erfolge bei den Bemühungen an, wenigstens das Erschlagen der Jungrobben zu verhindern.

Zu den bekanntesten Robbenarten gehören die Seehunde, Seelöwen, Seeleoparden und die riesigen Walrosse. Die mächtigen, selten gewordenen Seekühe leben im Indischen Ozean und im Pazifik. Sie sind keine Robben, sondern eine eher walähnliche Tierart, welche sich ausschließlich von Wasserpflanzen ernährt.

Fische

Von allen Wirbeltieren sind die Fische am besten zum Schwimmen »ausgestattet«: Körperform, Körperbau und Organe sind ausschließlich auf das Medium Wasser ausgerichtet.

Von jeher war die Körperform der Fische das Vorbild für den Schiffsbau. Auch die Höhen-, Seiten- und Querruder der Flugzeuge sind mit der Funktion der Fischflossen vergleichbar. Allerdings können einzelne Fischarten mit ihren Flossen noch mehr als schwimmen: Fliegende Fische schnellen sich damit über die Meeresoberfläche.

Beim Schwimmen bewegt der Fisch seinen ganzen Körper durchweg geradlinig durch das Wasser. Diese Bewegung geht von der Schwanzflosse aus und setzt sich von hinten nach forn fort. Dabei schlagen die Brustflossen auf und ab. Die Rückenflosse dient der senkrechten Stabilisierung des Körpers, die Schwanzflosse steuert.

Mit ihrer luftgefüllten Schwimmblase können die meisten Fische ihr spezifisches Gewicht regulieren, d. h. ohne Flossenbewegung im Wasser schweben, steigen und sinken.

Das Skelett vieler Fische besteht aus Knochenmasse (Gräten), bei manchen Arten aus Knorpeln (Knorpelfische: Haie und Rochen), (Knochenfische: u. a. Dorsch, Kabeljau, Thunfisch, Rotbarsch).

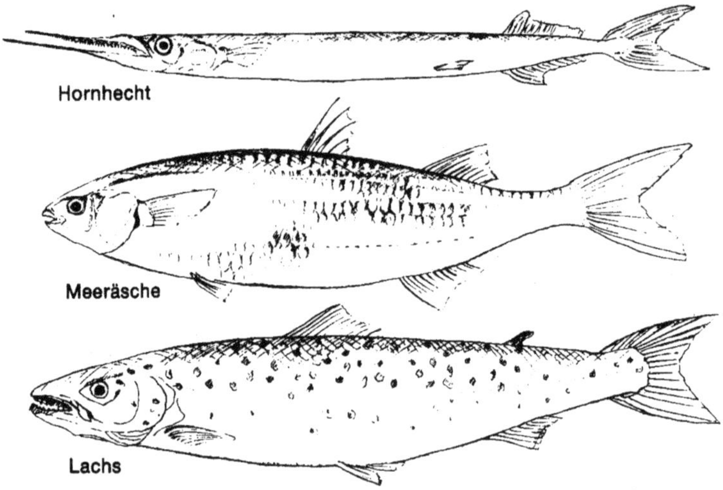

Der wohl wesentlichste Unterschied zu den Wirbeltieren des Festlandes ist die **Kiemenatmung** der Fische. Kiemen sind feine Hautblättchen an den seitlichen Kopfenden des Fisches. Sie können mit den Kiemendeckeln verschlossen werden. Beim Einatmen nimmt der Fisch das Maul voll Wasser. Dabei wird der im Wasser befindliche Sauerstoff von den feinen Blutgefäßen der Kiemen aufgenommen. Das Kohlendioxyd strömt mit dem Ausatmungswasser durch die Kiemendeckel wieder aus.

Die meisten Fische leben in Tiefen, die vom Sonnenlicht noch erreicht werden. Hier gibt es genügend Planktonnahrung für die **Friedfische.** Da die Friedfische von den **Raubfischen** gefressen werden, halten sich in den oberen Wasserschichten auch die schnellen Jäger auf, wie Hai, Thunfisch, Kabeljau oder in tropischen Gewässern die gefürchteten Barakudas.

Kleinere Fischarten, besonders die Friedfische, ziehen in riesigen **Schwärmen,** mitunter zu Hunderttausenden umher. Auch die Laichgewässer suchen die Schwärme gemeinsam auf. Raubfische dagegen sind häufig Individualisten. Sie jagen allein oder in kleinen Gruppen.

Eine weitere Einteilungsmöglichkeit der Fische stützt sich auf ihren bevorzugten Aufenthalt, obwohl dieser auch wechseln kann. Über Fische **im Watt** wurde schon an anderer Stelle berichtet (s. S. 38). Hier handelt es sich vorwiegend um Plattfische, z. B. die Scholle. – An dieser Stelle soll auch das ebenso merkwürdige wie beliebte **Seepferdchen** erwähnt werden, das zu

Der Plattfisch »Seezunge« ist ein beliebter Speisefisch. In seiner Jugend schwimmt er übrigens aufrecht, mit den Augen »normal« beiderseits des Kopfes, später wandern die Augen auf eine Seite.

den eigenartigsten Fischformen zählt. Es lebt in der Küstenzone zwischen Algen, Tang und Seegraswiesen, kommt aber allenfalls als Irrgast in die Nordsee. Es wird bei uns durch die schlanke **»Seenadel«** vertreten.

Fische der Hochsee (s. a. Abschnitt Fischerei) sind vor allem Hering, Kabeljau, Schellfisch, Rotbarsch, Seelachs, Makrele, Sardine. Sie alle bevorzugen die oberen, nahrungs- und sauerstoffreichen Wasserschichten kühler – vorzugsweise polarer oder subpolarer – Meere.

Die **Fische der Tiefsee** sind auf Nahrung angewiesen, die aus höheren Wasserschichten unverbraucht zu Boden sinken. Manche von ihnen senden Licht aus (Leuchtfische), um Beutetiere oder den Partner anzulocken. In den oberen Wasserschichten können die meisten Tiefseefische nicht leben. Ihre Körper sind dem hohen Wasserdruck großer Tiefen angepaßt. Phantastisch bunte Farben zeigen viele Bewohner der Korallenriffe, nämlich die Korallenfische.

Fischwanderungen

Einige Fischarten können sowohl im Süß- als auch im Salzwasser leben. Diese Eigenschaft befähigt sie zu erstaunlichen Wanderungen von den Flüssen der Kontinente hinaus ins Meer oder umgekehrt.

Besonders bekannt sind die Wanderungen der **Aale.** Die ausgewachsenen Aale wandern aus den Flüssen, Bächen und Seen des europäischen Festlandes hinaus in den Atlantischen Ozean. Im Sargassomeer (zwischen Azoren, Bermudas und Westindischen Inseln) erfolgt die Ablage der Eier. Jedes Aalweibchen legt dabei in einer Wassertiefe von 400–500 m etwa 5000 Eier ab.

Aal (kurzköpfige Wanderform)

Die Elterntiere sterben bald darauf an Erschöpfung, die winzigen Jungaale treiben mit dem Golfstrom in die Heimat zurück. Als durchsichtige, kaum fingerlange »Glasaale« erreichen sie dann unsere Gewässer und wachsen heran.

Die Wanderrichtung der **Lachse** ist umgekehrt. Ausgewachsene Lachse leben im Meer. Zur Laichzeit schwimmen sie zu den Flußmündungen und »steigen« dann flußaufwärts. Dabei überwinden sie oft Hindernisse auf akrobatische Weise. Die Menschen erleichtern ihnen ihre Wanderungen, indem sie neben Schleusen, Wehren und Sperrmauern sogenannte **Lachstreppen** einbauen, welche die Fische hinaufspringen können.

In den Oberläufen der Flüsse werden die Eier befruchtet und der Laich abgelegt. Hier verbringen die Jungfische ihre Jugend. Nach 1–3 Jahren wandern sie zurück ins Meer. Dabei müssen sie sich von der Insektennahrung umstellen, zunächst auf Meeresplankton. Später sind die Lachse ausgesprochene Raubfische. Nach eingetretener Geschlechtsreife kehren die Lachse wieder aus dem Meer zurück, genau zu dem Gewässer, in dem sie geboren wurden.

Man hat herausgefunden, daß Lachse das Heimatwasser buchstäblich **riechen** können.

Gefährliche Räuber

Ein Fisch spielt oft eine große Rolle in Geschichten, Büchern und Filmen: der **Hai.** Es gibt tatsächlich gefährliche Arten unter ihnen, z. B. den Weißen Hai (bis zu 11 m lang), den Tigerhai (6 m) und den Blauhai (bis 3,8 m). Aber es gibt auch harmlose Haie. Die kleinen Hundshaie, Dornhaie und der Katzenhai leben sogar in der Nordsee.

Haie haben keine Schwimmblasen. Sie müssen den fehlenden Auftrieb durch ständige Eigenbewegung ausgleichen.

Ihr stromlinienförmoger Körper erreicht bei der Verfolgung einer Beute bis zu 70 km/h. Dabei sind Haie in der Auswahl ihrer Beute absolut nicht heikel. Ihre Speisekarte reicht von der Muschel bis zur Jungrobbe.

Der Hai ortet seine Beute auf verschiedene Weise: Augen, Tastsinn und chemische Sinnesorgane sind dabei ebenso beteiligt, wie ein hervorragender, spezifischer Geruchssinn, der schon geringste Blutspuren im Wasser wahrnimmt.

Sind Haie wirklich so gefährlich? Hier läßt sich der Hai von einer Taucherin füttern.

Fischerei – Nahrung aus dem Meer

Neben der Jagd ist der **Fischfang** eine der ältesten Nahrungsquellen der Menschheit. Für Völker ohne ausreichende landwirtschaftliche Nahrungsgrundlagen, besonders in unfruchtbaren Küstenländern, war Fisch schon immer die Hauptnahrung (Eskimos).

Das Anwachsen der Weltbevölkerung in den letzten hundert Jahren führte zu großen Ernährungsproblemen. Mit der steigenden Nachfrage nach Seefisch hat die Fischerei eine immer stärkere Bedeutung erlangt. Die Welterträge der Meeresfischerei liegen z. Zt. weit über 50 Millionen Tonnen pro Jahr. Das sind etwa 5% der gesamten Nahrungsmittelproduktion der Erde.

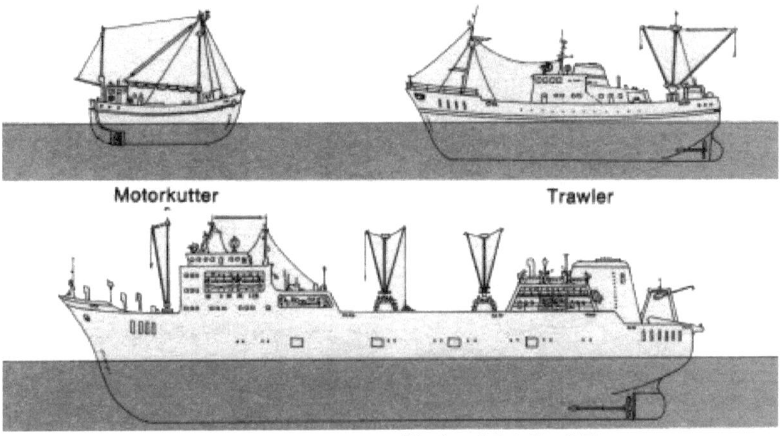

Fischerei-Fabrikschiff

Die Küstenfischerei

ist die älteste Form des Seefischfangs; sie nützt den Artenreichtum der küstennahen Gewässer. Diese sind durch das einmündende Flußwasser besonders mineral- und nährstoffreich. Durch die geringe Wassertiefe dringt viel Licht, und durch die lebhafte Oberflächenbewegung wird genügend Sauerstoff verteilt.

Auch heute noch fangen Küstenfischer mit relativ kleinen Fahrzeugen beachtliche Mengen von Fisch, Garnelen, Krabben und Hummern. Die Fänge sind wesentlich individueller als die Massenproduktion der Hochseefischerei. Die **Ewer** (kleine besegelte Motorkutter) sind in den meisten Häfen der Nord- und Ostseeküste beheimatet. Besonders bekannt sind die Häfen Büsum und Greetsiel sowie auch Finkenwerder bei Hamburg.
Küstenfischerei ist auch für die Bevölkerung von Entwicklungsländern in küstennahen Gebieten von großer Wichtigkeit. Eine ganze Reihe von Projekten der Entwicklungshilfe hat sich schon gezielt mit der technischen Verbesserung der Küstenfischerei und der Steigerung ihrer Erträge beschäftigt.

Die Hochseefischerei

entwickelte sich erst im vergangenen Jahrhundert mit der Einführung der Dampfschiffe. Man konnte jetzt, unabhängig von den Winden, auch entfernte Fischgründe aufsuchen. Der steigende Bedarf an Fisch machte es lohnend, auch weitere Fangreisen zu unternehmen.
Lange Transportwege sind für Fische problematisch: »Besuch und Fisch stinken nach drei Tagen«, sagt ein italienisches Sprichwort. Zumindest beim Fisch half man sich zunächst durch Einsalzen (Einpökeln).

Dieses **Einpökeln** (Salzheringe) wird auch heute noch praktiziert. Doch die verbreitetste Methode der Haltbarmachung ist sicher die Gefrierkonservierung geworden. Außerdem gibt es bereits **Fabrikschiffe**, die den Fang sofort ausnehmen und anschließend gleich als Fischkonserven verarbeiten.
Hochseefischer jagen nicht jedem Einzelfisch nach. Sie fischen nur dort, wo große Fischschwärme zu vermuten sind. Das ist vor allem in planktonreichen, kalten Gewässern polarer und subpolarer Gebiete der Fall und im Bereich kalter Meeresströmungen.

Krabbenfischer bei der Arbeit. Die etwa fingerlange Nordsee-Garnele wird fälschlich auch als »Krabbe« bezeichnet.

Die bekanntesten Fischgründe

sind der gesamte nord- und westeuropäische Küstenstreifen vom Polarkreis bis zur Biskaya, die Neufundlandbank, die kanadische Pazifikküste, die ostasiatischen Gewässer vom Kamschatka bis Taiwan und die ostpazifischen Gewässer vor der peruanischen Küste. Wichtige **Fischfangstaaten** sind vor allem die Anlieger der genannten Fischgründe: Norwegen, Dänemark, Großbritannien, die Bundesrepublik Deutschland, Spanien, Kanada, Peru, die USA, Japan, China, Indien.

Hochseefischereischiff. Über das offene Heck werden die Netze an Bord gezogen.

Mit Schleppnetz und Echolot

Die Hochseefischerei arbeitet entweder mit dem Schleppnetz oder mit dem Treibnetz.

Das Schleppnetz (Trawl) wird vom Fangschiff, dem Trawler, über den Grund geschleppt. Es ist ein großer Netzsack, der von modernen Fischereischiffen, den **Heckfängern**, mit der Motorwinde über eine schräge Rampe am Heck eingeholt wird. Mit dem Grundschleppnetz fängt man u. a. Kabeljau (Dorsch), Schellfisch und Scholle.
Wo der Boden für das Grundschleppnetz zu rauh ist, wird gelegentlich noch die **Langleinenfischerei** zum Fang von Heilbutt und anderen Grundfischen eingesetzt.
Weit verbreitet ist die Fischerei mit dem **Treibnetz**. Es hängt senkrecht wie ein Tennisnetz im Wasser. Oben sorgen Schwimmkörper für den Auftrieb, unten wird es von Gewichten straff gehalten. Mit Treibnetzen fängt man vor allem Heringe, Makrelen und Sprotten. Beim Auffinden und Verfolgen der Fischschwärme wird heute von moderner elektronischer Entwicklung Gebrauch gemacht. **Echolot**, **Unterwasserortung** (»Fischradar«) und **Netzsonden** erleichtern die Hochseefischerei beträchtlich. Sogar der **»elektrische Fischfang«** ist im Gespräch: Zwei Sonden, zwischen denen ein elektrisches Spannungsfeld aufgebaut wird, sollen die Fische anlocken und betäuben. Sie müßten dann nur noch mittels einer Rohrleitung an Bord gesaugt werden.
Die Erträge des Fischfangs kommen als Frischfisch, Tiefkühlfisch, Fischkonserven oder Räucherfisch auf den Markt. Außerdem werden noch beträchtliche Mengen als **Industriefisch** verarbeitet. Dabei entstehen **Fischmehl** (Futtermittel) und **Fischöl**. Fischöl braucht man als Zusatz zur Margarine, zu Ölfarben, Seife und anderen pharmazeutischen und technischen Produkten. In Japan ist eine recht einfallsreiche Fischindustrie entstanden. Sie stellt z. B. Fisch-

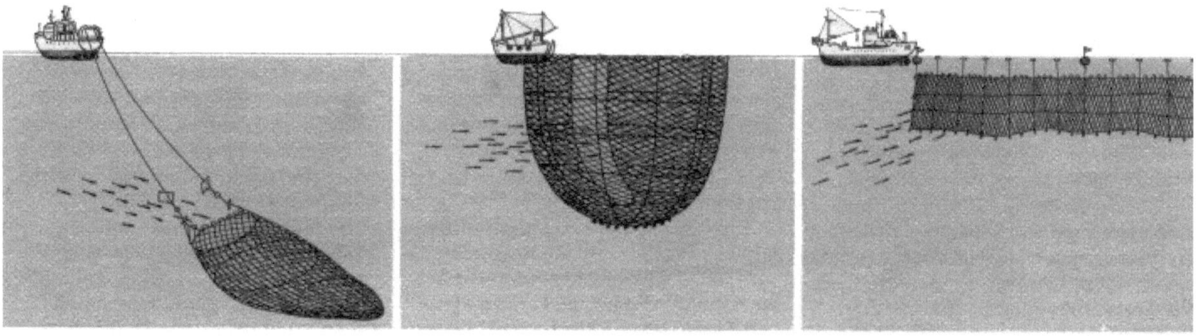

Schleppnetz — Beutelnetz — Treibnetz

wurst, Fischkäse und verschiedenes Fischgebäck her. Dort erfindet man immer neue Fischprodukte.
Es ist bei dieser Intensität des Fischfangs – manche Fachleute nennen das schlicht »Raubbau« – nicht verwunderlich, daß viele Fischarten bereits »überfischt« sind. Ihre Bestände wurden durch die Fischerei so stark dezimiert, daß sie sich aus eigener Kraft nicht mehr regenerieren können. Diese Fischarten sind nahezu zum Aussterben verurteilt.
Es gibt eine Reihe von Beispielen, die bedenklich stimmen müssen.
Dazu gehört z. B. **der Hering**. Er war früher in der Nordsee ein richtiger Massenfisch. Heringsprodukte waren zu Anfang des Jahrhunderts ganz besonders preiswert. Salzhering und Pellkartoffeln galten als typisch auf der Speisekarte des »kleinen Mannes«. Andere Heringsprodukte wie Matjeshering, Räucherhering, Bückling, Rollmops usw. waren besonders preisgünstige Nahrungsmittel, denn man fing den Hering damals in beliebiger Menge.
Heute ist Hering beinahe eine Delikatesse: Durch Überfischung ist der Heringsfang in der Nordsee seit 1968 fast zum Erliegen gekommen. Als indirekte Folge davon (ausgewachsene Heringe fressen die Kabeljaubrut) hat sich der Kabeljau (Dorsch) vermehrt.
Um das Überfischen der Hochsee zu verhindern, versuchen die Staaten nun, internationale Verträge mit festzusetzenden **Fangquoten** zu vereinbaren. Allerdings gehören diese Verhandlungen wohl zu den härtesten handelspolitischen Auseinandersetzungen.

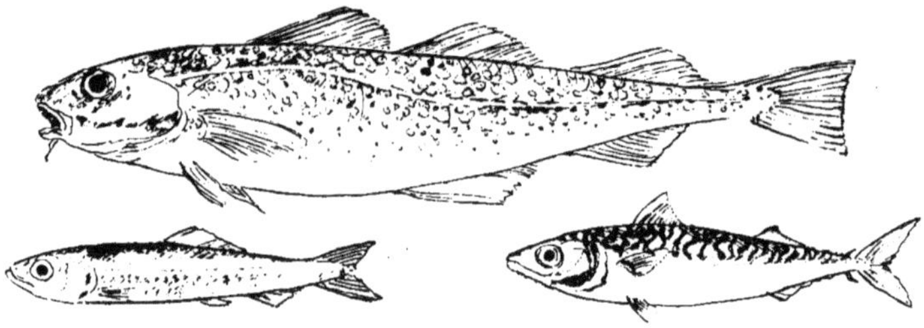

Kabeljau

Hering

Makrele

In jüngster Zeit kommt **der Krill** ins Gespräch. Es handelt sich um einen kleinen, garnelenartigen Krebs, der vor allem im Südpolarmeer vorkommt und sehr eiweißreich ist. Er stellt übrigens die Hauptnahrung der Bartenwale dar. Man könnte jährlich bis zu 50 Mill. t Krill – ohne Schaden für seinen Bestand – fischen. Das wäre sicher ein spürbarer Zuwachs zur Welternährung und eine Entlastung für die dezimierten Fischbestände. – Leider schmeckt Krill nicht besonders gut . . .

Die Erforschung der Meere

Die wissenschaftliche Meeresforschung – Ozeanographie – ist verhältnismäßig jung. Zunächst haben sich die Menschen damit begnügt, die Ausdehnung der Ozeane zu erkunden. Erst mußten die vielen weißen Flecken auf dem Globus verschwinden, bevor man sich mit der dritten Dimension des Meeres zu beschäftigen begann.

Die systematische Erkundung der Meerestiefe begann um die Mitte des vorigen Jahrhunderts. Der amerikanische Marineoffizier **Maury** beschäftigte sich im Zusammenhang mit der beginnenden Verlegung von Seekabeln mit der Vermessung von Meerestiefen. Er nahm selbst zahlreiche Tiefenlotungen vor und veröffentlichte 1855 ein Buch darüber, das heute noch zu den Grundlagen moderner Ozeanographie zählt.

Im Jahre 1872 startete die englische Korvette **Challenger**, ein kleines Segelschiff mit zusätzlichem Dampfmaschinenantrieb unter Leitung von Sir Charles Wyville Thompson zur ersten großen meereskundlichen Expedition. An Bord waren neben der Mannschaft zahlreiche Techniker und Wissenschaftler. Sie verfügten bereits über gut eingerichtete Labors und mit Instrumenten, die für die damalige Zeit recht leistungsfähig und präzise waren.
HMS Challenger befuhr 4 Jahre lang alle Weltmeere und legte fast 70 000 sm (= 130 000 km) zurück. Dabei wurden zahllose Proben vom Meeresboden geholt, viele Lebewesen gefangen, beschrieben und ganz exakt gezeichnet und Tausende von Tiefenlotungen gemessen. Außerdem wurden die ersten vollständigen Karten von Teilen des Ozeanbodens erstellt. Auch über Wassertemperaturen in verschiedenen Tiefen und über Meeresströmungen gewannen die Wissenschaftler der Challenger wertvolle neue Erkenntnisse.
Viele Bände füllen die schriftlich niedergelegten Forschungsergebnisse der Challenger-Expedition.
Viele seefahrende Nationen folgten nun mit eigenen ozeanographischen Forschungsfahrten. Zu den bekanntesten gehören die Expeditionen des deutschen Forschungsschiffs **Meteor** 1925–1927, durch die der Zusammen-

hang der atlantischen Strömungsverhältnisse geklärt werden konnten. Bekannt sind außerdem die Untersuchungen des englischen Forschungsschiffs **Discovery** und der 1962 in Dienst gestellten deutschen **Meteor II**.
Richtig populär aber wurde die **Calypso** von **Jacques Cousteau**, nicht zuletzt durch seine interessanten Fernsehfilme. Besonders seine meeresarchäologischen Untersuchungen, die Bergung wertvoller Funde aus dem Altertum vom Grunde des Mittelmeeres erfreuen sich stets einer hohen Sehbeteiligung.

Taucherglocke (17. Jahrh.)

Der Mensch steigt in die Tiefen

Der Mensch kann laufen und springen, auch recht beachtlich schwimmen – doch fliegen wie ein Vogel oder tauchen wie ein Fisch – das kann er als echtes Landlebewesen nicht. Gewiß, er kann ein bis zwei Minuten unter Wasser bleiben, doch dann muß er zum Atemholen zur Oberfläche zurück.
Man dachte schon sehr früh darüber nach, die Atemluft mit hinunter in die Tiefe zu nehmen oder in die Tiefe zu leiten. Der griechische Philosoph Aristoteles beschreibt das Prinzip einer **Taucherglocke**, wie sie von den Schwammtauchern des Altertums verwendet wurde. Es handelte sich um faßähnliche Gebilde, die mit der Öffnung nach unten wenige Meter tief ins Meer versenkt wurden.
Im 16. und 17. Jahrhundert gab es bereits verbesserte Taucherglocken, in denen der Luftvorrat für einen Menschen bis zu einer Stunde reichte. – Die Taucherglocke ist ein stationäres Gerät, und die Menschen suchten bald nach beweglicheren Lösungen. Von **Leonardo da Vinci** ist uns eine Zeichnung überliefert, in der das Prinzip des Schnorchels schon sehr realistisch skizziert war.
Im Jahre 1837 erfand der deutsche Werkzeugmacher Siebe einen **luftdichten Taucheranzug**, auf den ein Metallhelm mit Guckfenstern aufgeschraubt wurde. Jetzt konnte der Taucher von einem Schiff aus, das ihn mit Atemluft über einen Schlauch versorgte, in die Tiefe steigen. Bleiballast auf Brust und Rücken und an den Schuhen wirkten dem Auftrieb entgegen. Eine Signalleine hielt die Verbindung zu den »Oberirdischen«.

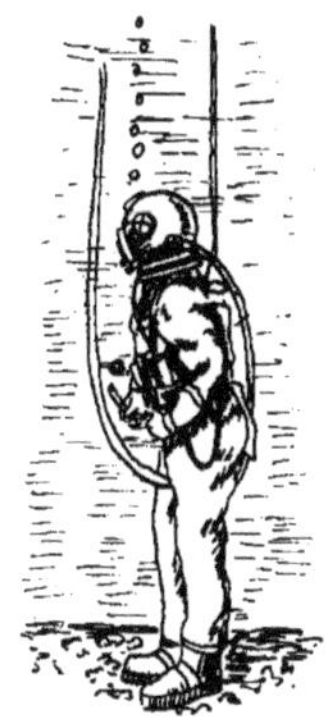

Helmtaucher

Der Taucheranzug für den **Helmtaucher** wurde vielfach verbessert und ist für bestimmte Aufgaben noch heute im Gebrauch. Er ist für Tauchtiefen bis etwa 150 m geeignet.
Obwohl sich der Helmtaucher trotz seiner schweren Ausrüstung relativ frei bewegen kann, so ist er durch seine »Nabelschnur«, die Luftversorgung, auf einen nicht allzu großen Aktionskreis beschränkt.
1942–1943 erfanden Cousteau und sein Landsmann E. Gagnan die sogenannte **Aqualunge**, ein kombiniertes

Das Korallenriff ist ein Paradies für Sporttaucher und Unterwasserfotografen.

Klein-Tauchboot – Der »Seetrecker« ist ein modernes Fortbewegungsmittel unter Wasser. Sein Propellerantrieb transportiert 1–2 Taucher samt Ausrüstung. Er wird bei Forschungs- und Bergungsunternehmen eingesetzt.

Tauch- und Atemgerät, welches den Taucher automatisch mit der richtigen Luftmenge versorgt. Der wesentlichste Teil der Ausrüstung sind die kleinen Preßlufttanks, die die Taucher auf dem Rücken transportieren. Sie brauchen damit keine »Nabelschnur« mehr, sind von der Oberfläche unabhängiger und können in ihren leichten Anzügen frei umherschwimmen.
Heute ist die Aqualunge **die** Tauchausrüstung für Tausende von Sporttauchern, Unterwasserfotografen und Meeresforschern. Gummianzug, Preßluftflasche, Taucherbrille, Schnorchel und Flossen bilden die Standardausstattung für einen beliebten, weltweiten Sport.

Man kann so als »freier« Taucher bis etwa 40 m tief hinabschwimmen, sollte dabei aber ganz gesund sein und sich exakt an vorgeschriebenen Tauchzeiten und -tiefen halten. Der Besuch eines guten Tauchkurses ist unbedingt anzuraten.
Taucht man zu tief, wird der Druck so groß, daß das Atmen immer schwieriger wird. Dazu kommt noch die Gefahr des **»Tiefenrausches«**. Unter erhöhtem Druck nimmt das Blut zu viel Stickstoff aus der Atemluft auf. Es entsteht dabei ein narkoseähnlicher Zustand, in dem sich der Taucher leicht und sicher fühlt und in dem er dazu neigt, leichtsinnig und unvernünftig zu handeln.
Die größte Gefahr bei erhöhter Stickstoffaufnahme ist das Auftauchen. Dabei wird der Stickstoff wieder ausgeschieden, der nun Bläschen im Blut bildet. Dieser Vorgang ist sehr schmerzhaft und kann zu Lähmungserscheinungen, u. U. sogar zum Tode führen. In den letzten Jahren ist man dazu übergegangen, den Stickstoff des Atemgemischs durch Helium zu ersetzen. Reiner Sauerstoff kann übrigens nur in Tiefen bis zu 8 m geatmet werden. In größerer Tiefe führt reine Sauerstoffatmung zu schweren Vergiftungserscheinungen.

Tauchkugeln und Tauchboote

Will man in noch größere Tiefen vordringen, als das mit Aqualunge oder schwerem Taucheranzug möglich ist, muß man zwei Probleme lösen: die Versorgung mit Atemluft und den Schutz vor dem hohen Wasserdruck. Je 10 m Tiefe wächst der Druck des Wassers um 1 at = 1 kg auf 1 cm^2. In 1000 m Tiefe herrscht ein Druck von 1000 at = 1000 kg = 1 t auf 1 cm^2! Diesen Druck hält selbst ein stahlgepanzerter Taucheranzug nicht aus. Auch herkömmliche U-Boote sind nur bis zu einer Tiefe von wenigen hundert Metern einsetzbar.
Der amerikanische Zoologe **Beebe** entwickelte 1930 die **Bathysphäre**, eine mächtige Stahlkugel mit Quarzglasfenstern und Platz für zwei Personen. Die Kugel wurde mit einem Stahlseil vom Mutterschiff heruntergelassen, mit dem sie außerdem noch durch eine Telefonleitung verbunden war. 1934 erreichten Beebe und sein Mitarbeiter Barton mit der Bathysphäre einen Tiefenrekord von 923 m. Das war zu jener Zeit eine aufsehenerregende Leistung. Bei dieser Tauchfahrt konnten die beiden Forscher eine Anzahl bisher völlig unbekannter Lebewesen beobachten und fotografieren. Nach dem Krieg verbesserte **Barton** die Konstruktion und erreichte 1948 eine Tiefe von 1350 m. Damit war für die Bathysphäre die technische Tauchgrenze erreicht. Für größere Tiefen wäre das Stahlseil zu schwer und die Bruchgefahr zu groß geworden.

Prof. Piccard,

der 1932 schon den Höhenrekord für Stratosphärenballons mit 16 940 m aufgestellt hatte, konstruierte ein Jahrzehnt nach Bartons Tiefenrekord das **Bathyscape**. Dabei wurden die Konstruktionsmerkmale von Ballon und U-Boot miteinander kombiniert: Das Bathyscape bestand aus einer Hohlkugel aus Spezialstahl, die unter einem schiffsförmigen Tank aufgehängt war. Dieser Tank war in mehrere Einzelkammern unterteilt, die entweder mit Benzin oder mit Eisenschrot gefüllt waren. Das Benzin sorgte für den Auftrieb, der Eisenballast für das Absinken.
Das Bathyscape war nicht mit einem

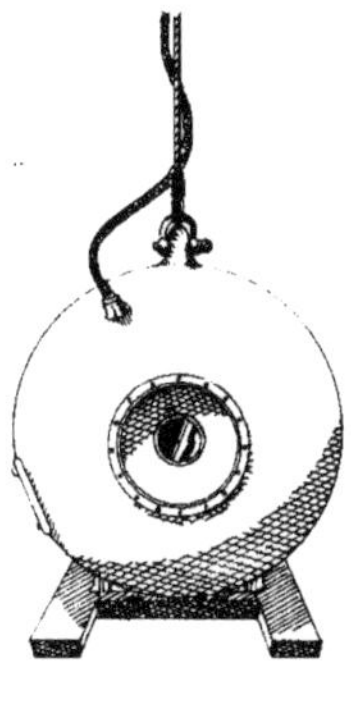

Bathysphäre

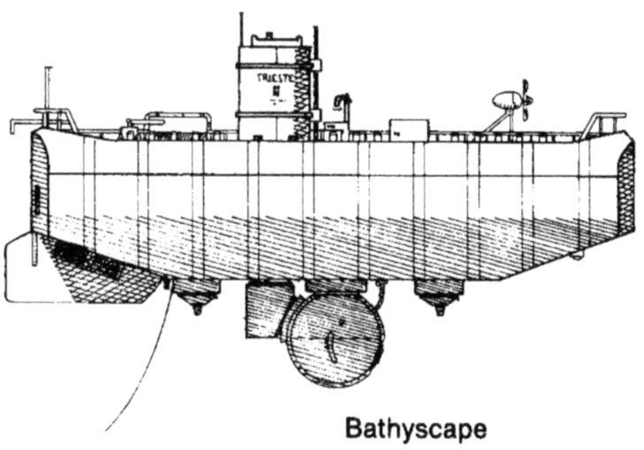

Bathyscape

Mutterschiff fest verbunden, es konnte daher nach Belieben steigen oder sinken. Zur Geradeausfahrt besaß es zwei Propeller, die eine bescheidene Geschwindigkeit von 350 m/h erlaubten. Zum Sinken wurde Benzin aus den Tanks abgelassen, zum Aufsteigen ließ man eine bestimmte Menge Eisenschrot auslaufen. Die Kugel selbst war der einzige mit Luft gefüllte Hohlraum; sie bot Platz für zwei Personen.
1960 erreichte **Prof. Piccards Sohn Jacques** zusammen mit seinem Begleiter **Walsh** in einer verbesserten Ausführung des Bathyscape, der **Trieste II**, in neunstündiger Tauchfahrt im Marianengraben die Rekordtiefe von 10 916 m! Das ist praktisch nicht mehr unterbietbar, denn die größte bisher gemessene Meerestiefe liegt in ebendiesem ozeanischen Graben bei 11 034 m.
In der Zwischenzeit ist die Entwicklung der Tiefseeforschung weiter fortgeschritten. In den letzten beiden Jahrzehnten sind verschiedene Tauchfahrzeuge gezielt für spezielle Einsatzzwekke und bestimmte Tauchtiefen gebaut worden, z. B. die amerikanischen Konstruktionen **Aluminaut** und **Deepstar**.
Einen wesentlichen Anteil an der Erforschung der Tiefsee haben in unserer Zeit die Techniker und Elektroniker, sie schufen die Voraussetzungen in diese Tiefen vorzudringen, dort zu beobachten, zu messen und zu forschen.
Es ist zum Beispiel erst durch die Verwendung ganz bestimmter Metallegierungen möglich, druckfeste Gehäuse für so hohe Ansprüche zu bauen. Das Geräteangebot für den Ozeanographen ist immer vielfältiger geworden: Bohreinrichtungen für Bodenproben, Bodengreifer, Schöpfeinrichtungen für Meerwasser in verschiedenen Tiefen, vollautomatische Planktonrecorder, Echolote, Sonare, Tiefseekameras usw. Mit Hilfe seismischer Messungen, zu denen auch künstlich ausgelöste Explosionen gehören, kann man die Beschaffenheit des Ozeanbodens unter den Ablagerungsschichten untersuchen.

Unterwasserstationen

Die pelagischen, d. h. schwimmenden Unterwasserfahrzeuge haben den Nachteil, daß die Forscher nicht lange genug an einer Stelle arbeiten können. Deshalb lag der Gedanke an eine Art **»Unterwasserhaus«** für längere Forschungsaufgeben schon immer recht nahe.
Die ersten Forschungen und Entwicklungen gehen auch hier auf Jacques Cousteau zurück. Im Mittelmeer vor der Küste von Marseille ließ er 1962 in 10 m Tiefe die erste Unterwasserstation **Conshelf I** errichten, in der zwei Forscher eine Woche lang unter Wasser lebten. Bald darauf folgten im Roten Meer **Conshelf II** und im Mittelmeer in 100 m Tiefe **Conshelf III**. Hier lebten sechs Taucher drei Wochen lang.
Das populärste amerikanische Projekt heißt **Sealab**. Unter Leitung des bekannten Astronauten Carpenter wurde mit Sealab II vor der kalifornischen Küste ein Unterwasser-Rekord aufgestellt: Die zehn Mann starke Besatzung lebte in Sealab II dreißig Tage lang in 68 m Tiefe.
Bei der Konstruktion von Sealab II handelt es sich um einen etwa 20 Meter langen Stahlzylinder von 4 Meter Durchmesser. Das Unterwasserlabor wurde von einem Versorgungsschiff an Stahlseilen auf den Grund herabgelassen. Es blieb über diese Stahltrossen auch weiterhin mit dem Versorgungsschiff verbunden. Von dort aus wird auch der Druckausgleich und die Energieversorgung vorgenommen.
Auch im deutschen Küstenbereich gibt es ähnliche Entwicklungsvorhaben, wenn auch etwas bescheidener in den Dimensionen. Das Projekt **»Unterwasserlabor Helgoland«** wurde nach einer Reihe von Vorversuchen, die von einigen Fehlschlägen begleitet waren, im Juli 1969 gestartet. In 23 Meter Tiefe wurde vor der Helgoländer Düne die röhrenförmige Konstruktion mit vier gespreizten Standbeinen auf den Grund gesenkt. Hier können sich jeweils drei Teams zu je vier Forschern in der Arbeit ablösen. Bedingt durch die schlechte Sicht im Wasser der Nordsee, kann man durch die Beobachtungsfenster nicht allzu viel wahrnehmen. Deshalb können die Männer ihre Station in Tauchanzügen durch eine Schleuse verlassen und die Umgebung abschwimmen. Unter anderem erforscht man im »UWL Helgoland« die Lebensweise der bei uns aussterbenden, doch wirtschaftlich recht interessanten Hummer.

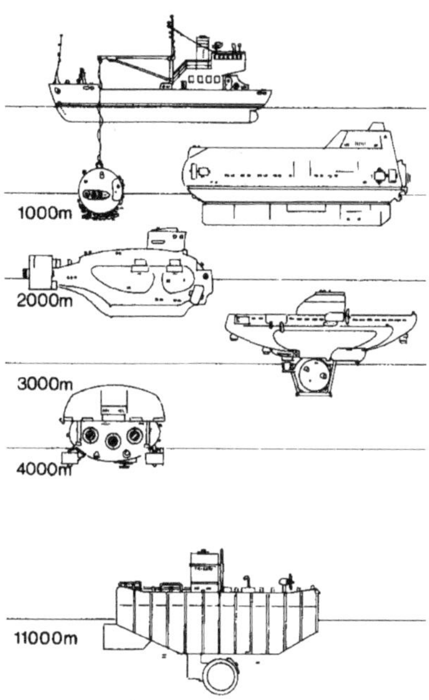

Getauchte Tiefen:
Taucherglocke »Beebe Barton« (923 m)
Unterwasserschiff »Ben Franklin« (bis 1000 m)
Unterwasserschiff »Alwin« (1200 m)
Bathyscape »FNRS 3« (2300 m)
Tauchschiff »Deepstar« (bis 4000 m)
Bathyscape »Trieste« (10 911 m)

Die Schiffahrt

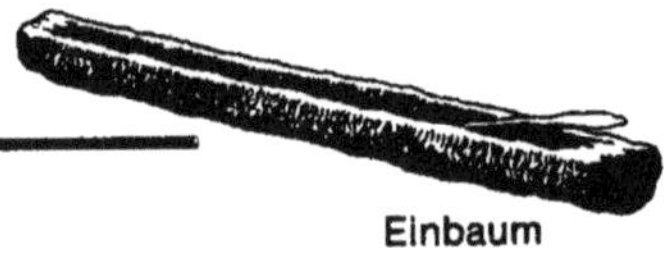

Einbaum

Die Geschichte der Seefahrt

Zahlreiche Funde beweisen es: Der Mensch hat sich schon vor vielen tausend Jahren auf das Wasser gewagt. Die Menschen der vor- und frühgeschichtlichen Zeit errichteten ihre Siedlungen gern an den Ufern von Flüssen oder Seen, und so lernten sie bald, diese Gewässer zu befahren.

Sicher sind die ersten Wasserfahrzeuge noch sehr einfach gewesen. Vielleicht klammerte sich der Mensch an einen treibenden Baumstamm? Oder erreichte er, auf dem Stamm sitzend, das andere Ufer? Wir wissen es nicht. Sicher lernten die Menschen bald, Baumstämme auszuhöhlen oder auszubrennen: Die ersten Boote – **Einbäume** – entstanden. Auch **Flöße** aus zusammengebundenem Schilf oder Stämmen gehören zu den frühesten Wasserfahrzeugen.

So wie in der Frühzeit die ersten Werkzeuge und Waffen erfunden wurden, so schuf man sich auch bald die Geräte, um Boote fortbewegen und lenken zu können. Einfache **Paddel** und **Ruder** gehören zu den wichtigsten Erfindungen vorgeschichtlicher Zeit.

Bereits um 3000 v. Chr. war **der Wind** als Antriebsenergie entdeckt worden. Mit dem **Segel** wagten sich die Ägypter und Phönizier schon auf das Mittelmeer hinaus, versuchten aber möglichst, in erreichbarer Küstennähe zu bleiben.

Griechen, Römer und Perser

benutzten schon 500 v. Chr. eine Kombination aus Segel- und Ruderschiff, die **Galeere**. Die Ruderer waren Sklaven oder Sträflinge. Galeeren gab es im Mittelmeerraum vom Altertum bis ins 18. Jahrhundert. In der damaligen Zeit baute man bereits verschiedene Schiffstypen, denn die Seefahrt diente den Menschen schon recht unterschiedlichen Zwecken: Man brauchte Frachtschiffe, Kriegschiffe, »Truppentransporter« und sogar (sehr viele!) Seeräuberschiffe.

So brachten die Schiffe Holz aus dem Libanon, Getreide aus Nordafrika, Bernstein aus dem hohen Norden, Söldner aus Gallien, Zinn aus Britannien, Sklaven aus dem Sudan. Mit Hilfe der Flotten betrieb man bereits Wirtschafts- und Machtpolitik großen Stils: Die Griechen besiegten die Perser, die Römer schlugen die Phönizier, zerstörten Karthago und wurden jahrhundertelang Weltmacht im Mittelmeerraum.

Die Wikinger

Vom 8. Jahrhundert n. Chr. an waren es Segelschiffe aus dem Norden, die als Seeräuber die Küsten Skandinaviens, Islands und Grönlands heimsuchten. **Die Wikinger**, ursprünglich ein Bauern- und Hirtenvolk aus Südskandinavien, hatten das Meer zunächst als Küstenfischer befahren. Nach und nach wagten sie sich immer weiter auf das Meer hinaus und steuerten fremde Küsten an. Um das Jahr 1000 erreichten sie mit ihren leichten Schiffen die nordamerikanische Ostküste, 500 Jahre, bevor Kolumbus den Ozean überquerte.

Das frühe Mittelalter brachte zunächst eine Pause in der Entwicklung der Seefahrt. Abergläubische Furcht, über den »Rand der Welt« zu stürzen oder vom geheimnisvollen »Mahlstrom« verschlungen zu werden, ließ die Seefahrer noch zaudern. Zu Beginn des 14. Jahrhunderts begann man an der westeuropäischen Atlantikküste, an der Ost- und an der Nordsee eine neue Generation von Segelschiffen zu bauen. Sie waren hochbordiger als die Mittelmeersegler und damit dem rauheren Wellengang des Atlantik eher gewachsen. Sie waren mit mehreren Masten und Segeln ausgerüstet und brauchten nicht mehr gerudert zu werden. Man konnte mit ihnen sogar gegen den Wind segeln.

Diese Weiterentwicklung des Schiffsbaus erforderte gleichzeitig eine Verbesserung des seemännischen Könnens, das durch die Erfindung erster nautischer Instrumente unterstützt wurde. Die Einführung des Kompaß (aus China über Arabien), der Durchbruch des Kopernikanischen Denkens und der Idee von der Kugelgestalt der Erde – dies alles blieb nicht ohne Einfluß auf die Seefahrt.

So hatte sich im Norden ein mächtiger Städtebund, **die Hanse**, entwickelt. Zu ihr gehörten u. a. Bremen, Hamburg, Lübeck, Rostock, Stettin und Danzig. Die Handelsschiffe der Hanse segelten über Ost- und Nordsee nach Bergen, Stockholm, London, Brügge und sogar bis nach Nowgorod in Rußland.

Römisches Kriegsschiff

Wikingerschiff

Hansekogge

Die großen Entdeckungsreisen

begannen zu Beginn des 15. Jahrhunderts. Neben der unbekannten Ferne lockten Ruhm und Reichtum. Zunächst brachen die Portugiesen auf, um die afrikanische Westküste zu erkunden und – zu erobern (1415-1465).

Dreimaster

Christoph Kolumbus

suchte einen Ersatz für den versperrten Landweg nach Indien, überquerte 1492 mit seinen drei Karavellen als erster den Atlantischen Ozean und entdeckte die »Westindischen« Inseln.

Den wirklichen Seeweg nach Indien um die Südspitze Afrikas fand 1497 **Vasco da Gama**.

Spanische Gallione

Die erste Weltumsegelung gelang 1519–1521 **Fernão Magalhães.** Er umschiffte als erster die stürmische Südspitze Südamerikas. Diese Wasserstraße trägt noch heute seinen Namen.

Im Jahre 1770 entdeckte der Engländer **Cook** den letzten noch unbekannten Erdteil: Australien.

Tiefgreifende Veränderungen ergaben sich für die Schiffahrt aus der Erfindung der **Dampfmaschine**. Sie wurde zunächst auf den Flüssen und Binnenseen in den **Raddampfern** eingesetzt. Aber schon 1838 überquerten die beiden ersten Schiffe »Sirius« und »Great Western« mit Dampfkraft den Atlantik. Von nun an war die Entwicklung nicht mehr aufzuhalten: Nach der Erfindung der **Schiffsschraube** durch den Österreicher **Joseph Ressel** stampfte 1843 das erste eiserne Dampfschiff mit Schraubenantrieb über den Ozean.

Die Umstellung von der Kolbendampfmaschine auf die **Dampfturbine** um die Jahrhundertwende bedeutete einen weiteren Fortschritt in der Antriebstechnik. Doch schon 1912 befuhr die »Scandia«, das erste Schiff mit **Dieselmotor** den Ozean. Dieselmotoren sind heute der normale Antrieb aller Seeschiffe; man nennt sie zwar manchmal noch »Dampfer« – die Frachter, Tanker, Containerschiffe, Passagierschiffe, Fischereifahrzeuge. Doch die überwiegende Zahl von ihnen sind **Motorschiffe**.

Und dennoch scheint die Entwicklung der Schiffsantriebe nicht zu Ende zu sein. Inzwischen gibt es Schiffe, mit **Atomantrieb**, d. h., sie werden von einem **Kernreaktor** angetrieben. 1954 wurde das amerikanische U-Boot »Nautilus« mit Atomantrieb in Dienst gestellt. Es untertauchte 1958 die Eiskappe des Nordpolarmeeres. Unter deutscher Flagge wurde das atomgetriebene Forschungsschiff **»Otto Hahn«** gebaut und eingesetzt.

Rad-Dampfer (um 1850)

Passagierdampfer (um 1950)

Der Leuchtturm von Westerhever-Eiderstedt wird jetzt automatisch »befeuert«. Früher wohnten rechts und links die beiden Leuchtturmwärter.

Die Navigation

Die ersten Seeleute orientierten sich nach den **Sternen** und entwickelten dabei ein Können, das uns heute großen Respekt abnötigt. Kolumbus hatte immerhin schon den **Kompaß**. Dieser war schon einige Jahrhunderte zuvor von den Chinesen erfunden worden und über die Araber zu den Seefahrern des Mittelmeeres gekommen. Dazu hatte Kolumbus noch den Sextanten, einige – wenn auch nicht immer genaue – Seekarten und einen Stechzirkel.

Der Beruf des Seemanns und sein nautisches Inventar hat sich seit Kolumbus stark verändert. Ein Vollmatrose der Hochseeschiffahrt hat – zumindest in der Bundesrepublik – eine sehr gründliche Ausbildung hinter sich. Er muß heute hochpräzise optische und elektronische **Peil- und Meßgeräte** bedienen können, mit denen man den Kurs kontrolliert und die Position bestimmt.

Auch die Schiffahrt im Küstenbereich ist sicherer geworden. Neben den altvertrauten **Leuchttürmen**, die es schon vor 2000 Jahren gab, werden heute **Funkfeuer** eingesetzt, welche die Schiffe zur Positionsbestimmung anpeilen können. **Sendestationen** im Küstenbereich übermitteln Nachrichten, Wettermeldungen, Reedereimitteilungen und Telefongespräche. Sie können auch Notrufe von Schiffen (»SOS«) aufnehmen und weitergeben. **Feuerschiffe** und eine Vielzahl verschiedener **Bojen** verbessern außerdem die Navigationssicherheit.

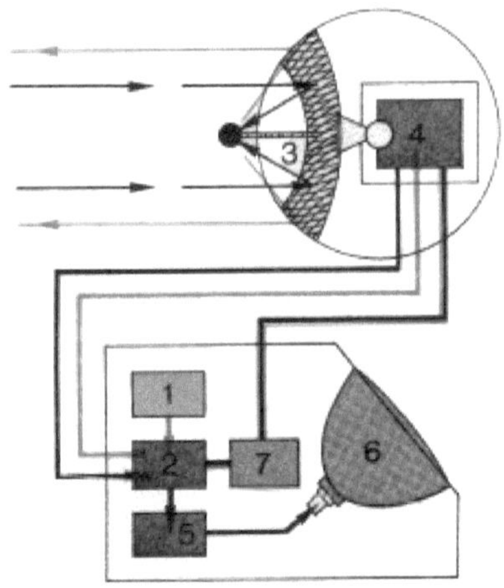

System eines Radargerätes:
1 – Sendung
2 – Umschaltung
3 – Antenne und Parabolspiegel
4 – Motor
5 – Empfang
6 – Braunsche Röhre (Bildschirm)
7 – Steuerung

Für die Sicherheit eines Schiffes bei Ein- und Ausfahrt in fremden Hafengewässern sorgt nach wie vor der **Lotse**. Er übernimmt dort vom Kapitän die Schiffsführung und damit auch die Verantwortung für das Einhalten der **Fahrrinne**. Ein Schiff, das z. B. aus der Nordsee kommt, wird vom Lotsen bei Cuxhaven übernommen und sicher elbaufwärts in den Hamburger Hafen geleitet.

Selbst kleinere Schiffe besitzen heute eine **Radaranlage**. Radar ist ein Funkmeß-System, mit dem man rechtzeitig Hindernisse orten kann, z. B. Eisberge oder entgegenkommende Schiffe. Das »Radarauge« sieht auch bei Nacht und Nebel.

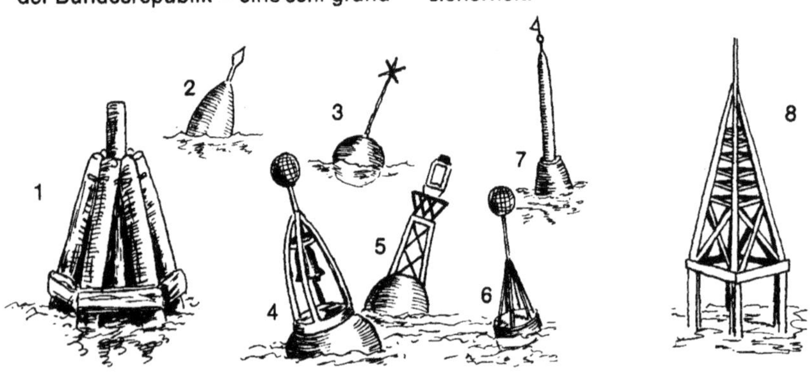

Bojen und Markierungen:
1 – Dalbe zum Festmachen
2 – Spitztonne
3 – Kugelboje
4 – Glockenboje
5 – Leuchtboje
6 – Bakenboje
7 – Spierenboje
8 – feststehende Bake

Überseehafen – Ein Wald von Kränen, ein Handelsschiff am Kai, umgeben von Kähnen und Leichtern.

Häfen

Ursprünglich bedeutete das Wort »Hafen« einen Ort, wo man etwas bewahrt oder birgt; in Süddeutschland auch soviel wie ein Topf oder Gefäß.

Schon im Altertum waren die Häfen, z. B. im Mittelmeer, die schützenden Anlegeplätze für Schiffe aus vielen Ländern, Umschlagplätze für Handelsgüter aller Art, Stützpunkte für Kriegsflotten und lohnende Angriffsziele besitzgieriger Eroberer.

Auch heute noch sind die **großen Seehäfen** für die internationale Schiffahrt lebenswichtig. **Tidehäfen** können wegen ihrer geringen Gezeitenunterschiede jederzeit angelaufen werden. **Dockhäfen** kann man nur bei Flut anlaufen. Das Hafenbecken wird hier durch Schleusentore von den Gezeiten getrennt.

Eine moderne **Hafenanlage** ist ein kompliziertes System von Liegeplätzen, Anlagen und Gebäuden. Da gibt es verschiedene Kräne für **Stückgüter**, Ver- und Entladeeinrichtungen für **Massengüter**, Saugrohre für Getreide, Pumpanlagen für Flüssigkeiten, Silos, Tanks und Lagerschuppen. – Nur ein kleiner Teil der großen Hafenanlagen dient heute noch dem Personenverkehr. Mit dem Schiff reist man heute fast nur noch zur Erholung oder zum Vergnügen. Wer es eilig hat, fliegt über die Ozeane . . . Es gibt heute Häfen, die ausschließlich für einen bestimmten Zweck ausgebaut worden sind: **Ölhäfen**, **Containerhäfen**, **Fährhäfen**, **Fischereihäfen**.

Die 10 größten Häfen der Welt sind (in der Reihenfolge ihres Gesamtgüterumschlags): Rotterdam, London, New York, Antwerpen, Norfolk, Baltimore, Hamburg, Newport, Philadelphia, Marseille.

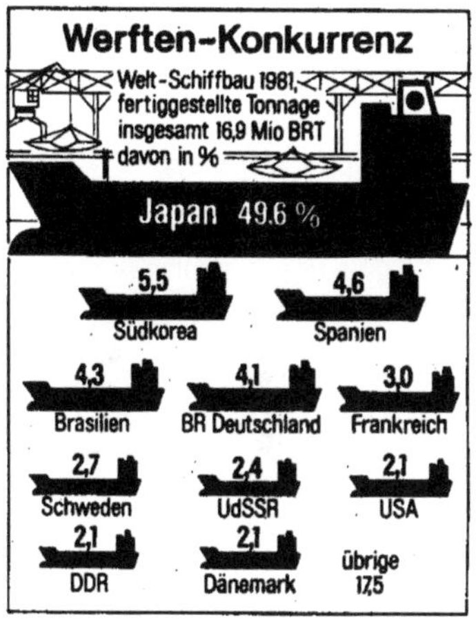

Frachter älterer Bauart

Hochseeregatten sind ein teurer und nicht ganz gefahrloser Sport, erfreuen sich aber in unserer Zeit einer wachsenden Beliebtheit.

Die Schnellen und die Einsamen . . .

Sportlichen Ehrgeiz bis zur übersteigerten Rekordsucht gab und gibt es auch auf dem Meer. So wurde in der ersten Hälfte unseres Jahrhunderts **»das Blaue Band des Ozeans«** dem Schiff verliehen, das am schnellsten den Nordatlantik überquerte. Das letzte »Blaue Band« vor dem zweiten Weltkrieg holte sich 1938 die »Queen Mary« in 3 Tagen, 20 Stunden, 40 Minuten.

Auch der **Segelsport** hat in unserer nostalgischen Zeit neues Interesse gefunden, sowohl auf Binnengewässern als auch an den Küsten. Sogar für die Hochsee ist das Segel wiederentdeckt worden.

So gelang dem Engländer **Francis Chichester** als »Einhand-Segler« in 216 Tagen seine Weltumsegelung. Der Rekord wurde einige Jahre später von dem Franzosen **Alain Colas** mit nur 165 Tagen unterboten.

Eine besondere Form des Segelsportes sind die **Hochseeregatten**, die mit **Segelyachten** ausgetragen werden. Mannschaften verschiedener Länder kämpfen hier – auf vergleichsweise kleinen Schiffen – um internationalen Lorbeer.

Eine der berühmtesten Regatten ist der **»America's Cup«**, ein Zweikampf der sogenannten »Zwölfer-Boote« mit entsprechenden Vorausscheidungen. Über 100 Jahre lang wurde dieser Pokal immer von einer amerikanischen Yacht gewonnen, bis er 1983 nach Australien ging.

Auch der **»Admirals-Cup«** ist eine begehrte Trophäe für Hochseeyachten. Die alle zwei Jahre im August vor der südenglischen Küste gesegelten Rennen finden ihren Höhepunkt im **Fastnet-Rennen.** Von Cowes auf der Insel Wight geht es durch die irische See und nach Umrundung des »Fastnet-Rocks« zurück nach Plymouth. Die Regatta gilt wegen der felsigen Küste als besonders schwierig und erhielt 1980 traurige Berühmtheit, als in einem Orkan 19 Segler den Tod fanden.

Auch beim traditionellen **»Trans-Pac«** beteiligen sich oft bis zu 100 Yachten aller Größenordnungen. Für die 2225 Seemeilen von Kalifornien nach Hawaii benötigen die schnellsten Boote etwa 8 Tage.

Weitere berühmte Hochseeregatten sind das **Bermuda-Race** über 635 Seemeilen von Rhode-Island (USA) durch den Golfstrom zu den Bermudas und die Regatta **Sydney – Hobart,** von Australien nach Tasmanien.

Das absolute »Mammutrennen« ist aber das **»Whitbread-Round-The-World-Race«.** In 4 Etappen werden insgesamt 27000 Seemeilen rund um die Welt gesegelt. Im Rennen 1981/82 benötigte die schnellste Yacht hierzu 120 Tage.

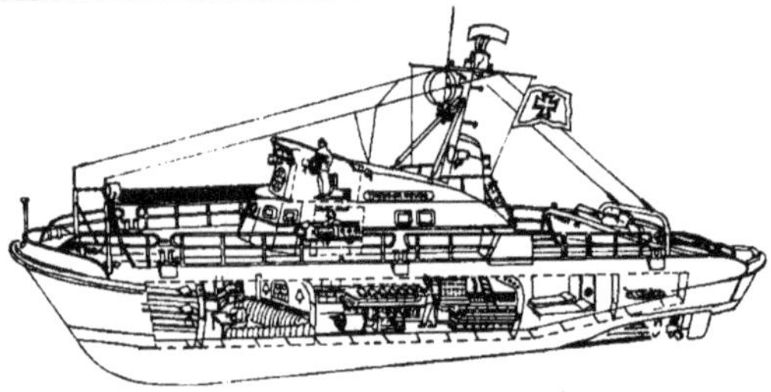

Seenotkreuzer der DGzRS

Seit Gründung der »Deutschen Gesellschaft zur Rettung Schiffbrüchiger« im Jahre 1865 wurden von den Besatzungen der Rettungsboote über 40000 Menschen aus Seenot gerettet. Die Gesellschaft, die ausschließlich aus Spenden finanziert wird, verfügt zur Zeit über ca. 40 Seenotkreuzer und Rettungsboote.

Schätze aus dem Meer

Zunächst denkt man an versunkene Piratenschiffe, die mit Gold und Edelsteinen gefüllt auf dem Meeresboden liegen, oder man verbindet damit die Gedanken an Perlentaucher, die unter Strapazen eine kostbare Beute vom Grund heraufholen.

Doch hier geht es um prosaischere Dinge, die allerdings in ihrer Bedeutung viel wesentlicher für die Menschheit als Perlen und Gold sind. Es geht um Rohstoffe und Energie aus dem Meer.

Rohstoffe und Reichtümer

Schon das Forschungsschiff Challenger hatte vor über hundert Jahren eine Anzahl **Manganknollen** vom Meeresboden heraufgeholt. In der Gegenwart beginnt man, z. T. unter großem technischen Aufwand, die Manganvorkommen des Meeresbodens systematisch auszubeuten. Mangan ist zur Legierung von Edelstählen sehr begehrt und wird z. Zt. in einer Größenordnung von 10 Millionen Tonnen pro Jahr verbraucht. Dabei schätzt man die Manganreserven des Meeres auf einige hundert Milliarden Tonnen.

Auf dem Meeresboden findet man außerdem **Phosphatknollen, Titan**, sogar **Gold** und **Diamanten**. Während die Gewinnung von Gold, Titan und Phosphaten aus dem Meer wirtschaftlich noch nicht rentabel ist, fördert man an der südafrikanischen Küste mit riesigen Saugrüsseln täglich 500 bis 1000 Karat Diamanten aus dem Meer.

Über die Gewinnung von Kochsalz aus dem Meerwasser wurde schon berichtet (s. S. 10). Doch noch ein weiterer Rohstoff wird in zunehmendem Maße aus dem Meerwasser gewonnen, das Leichtmetall **Magnesium**, das vor allem im Flugzeugbau verwendet wird.

Erdöl und Erdgas

Besonders weit entwickelt ist die Förderung von Erdöl und Erdgas aus dem Meer. Der gestiegene Weltverbrauch an Erdöl und die krisenanfällige Versorgung mit diesem Rohstoff, dessen kontinentale Quellen in absehbarer Zukunft zu versiegen drohen, führten zu einer verstärkten Suche nach untermeerischen Erdölvorräten.

Die finanziellen Möglichkeiten der interessierten internationalen Gesellschaften erleichtern eine systematische Forschung und Erschließung. Im europäischen Raum besonders bekannt – wenn auch nicht unumstritten – ist die Suche und Förderung von Erdöl in der Nordsee.

Die Suche nach Öl beginnt überall mit Probebohrungen. Das geschieht auf dem Meeresboden fast genauso wie an Land. Nur der Platz, auf dem das Bohrgestänge aufgestellt werden soll, ist etwas problematischer: Er muß nämlich erst geschaffen werden, d. h. man muß eine **Bohrinsel** errichten. Hier gibt es verschiedene Konstruktionen, die sich in der Zwischenzeit bewährt haben. Ist die Wassertiefe nicht allzu groß, setzt man die **Hubinseln** ein. Es handelt sich dabei um eine Plattform mit vier oder mehr ausfahrbaren Stelzbeinen. Die Insel wird schwimmend mit hochgezogenen Stelzen zur Bohrstelle geschleppt. Dort werden die Stelzbeine ausgefahren, bis sie den Meeresgrund erreichen. Dabei hebt sich die Plattform etwa 15 Meter über die Wasseroberfläche und ist damit von den Gezeiten und vom Wellengang relativ unabhängig. Jede Hubinsel trägt einen Bohrturm, Unterkünfte für die Bohrmannschaft, Gerätelager und eine Landeplattform für Hubschrauber.

Während Hubinseln in Wassertiefen bis etwa 40 m arbeiten können, setzt man für größere Arbeitstiefen einen anderen Bohrinseltyp, den **Halbtaucher** ein. Hier ruht die Bohrplattform auf Pontons, die teilweise mit Wasser gefüllt sind (damit wird ein Schlingern bei stärkerem Seegang verhindert). Diese Pontons schwimmen unter der Wasseroberfläche und sind am Meeresboden verankert.

Für extreme Wassertiefen (z. Zt. schon über 1000 m) werden **Bohrschiffe** eingesetzt. Diese Bohrschiffe haben mittschiffs eine Öffnung im Rumpf, durch die man die Bohrung nach unten bringt. Die Schwierigkeit liegt darin, das Schiff haargenau über der Bohrstelle zu halten. Dafür sorgen zwei computergesteuerte Schiffsschrauben an Bug und Heck.

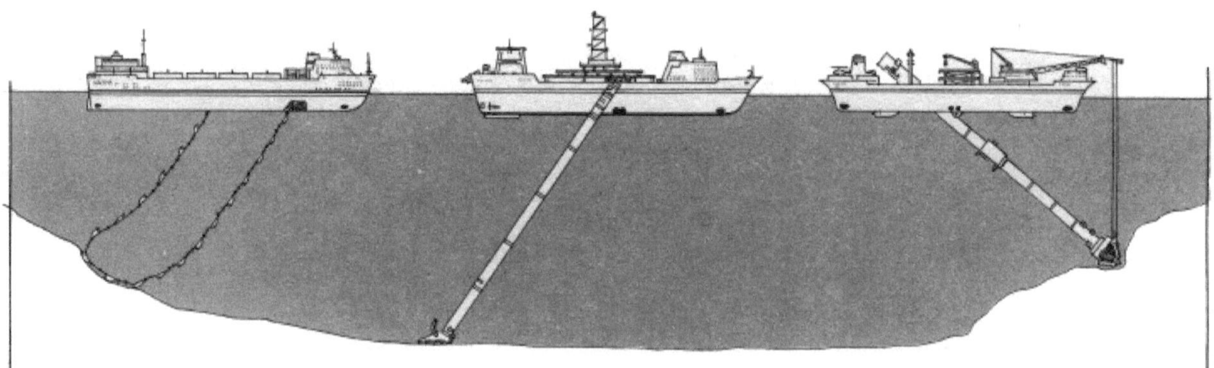

Öl aus dem Meer – Förderplattform in der Nordsee vor der norwegischen Küste.

Der Bohrvorgang auf See unterscheidet sich nur wenig von dem an Land. Der Bohrer wird in das Bohrgestänge eingesetzt und dringt unter langsamer Drehbewegung in den Untergrund. Nach je 9 Meter Bohrtiefe wird das Gestänge um eine Stange verlängert. Viele Probebohrungen sind notwendig, bis eine von ihnen **fündig** wird.

Hier beginnt ein neues Problem: Das Öl muß **gefördert** werden. Man muß dazu erst das Bohrloch sichern und mit einer Steigleitung zur Oberfläche versehen. Dabei kommen immer perfektere Systeme in Gebrauch: Halbtauchende Förderinseln, verspannte Fördertürme, schwimmende Förderplattformen, sogar Unterwasser-Fördersysteme werden erprobt.

Das geförderte Erdöl wird entweder in schwimmenden Tanks zwischengelagert und von Tankschiffen abtransportiert oder aber durch **Unterwasser-Pipelines** zur Küste befördert.

Bei der Bohrung nach Erdöl stößt man häufig gleichzeitig auf **Erdgasvorkommen**. In der Nordsee gibt es bereits eine ganze Anzahl davon, die schon wirtschaftlich genutzt werden, z. B. im niederländischen Schelfgebiet, im Ekofisk-Gebiet (in der Mitte zwischen den Britischen Inseln und Jütland) und im Statfjord-Gebiet (zwischen den Shetland-Inseln und der norwegischen Küste).

Durch unterseeische Rohrleitungen wird das Erdgas zur Küste befördert. Ein Teil des Ekofisk-Gases wird beispielsweise nach Emden geleitet. Immerhin deckt die Bundesrepublik schon mehr als ein Fünftel ihres Erdgasbedarfs aus der Nordsee.

Manchmal vermutet man bei Bohrversuchen große Erdgaslager und stößt dabei »nur« auf eine riesige **Stickstoffblase** tief unter dem Meeresboden. So geschah es vor einigen Jahren in der

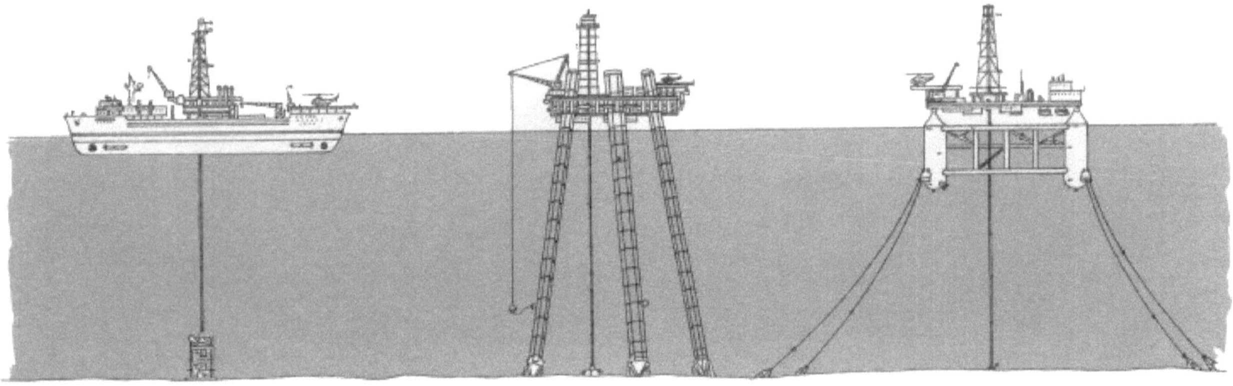

Bohrschiff Hubinsel Halbtaucher

Ein Tankerunglück hat häufig eine »Ölpest« zur Folge. Der sich ausbreitende Ölteppich tötet gnadenlos das Leben im Meer und am Strand.

Nähe der Insel Borkum, und die Beteiligten waren sehr enttäuscht. Die damals als nicht verwertbar geltenden Erdgasvorkommen mit hohem Stickstoffanteil will man in naher Zukunft durch schwimmende **Gasturbinen-Kraftwerke** nützen. Dabei würde das austretende Gas an Ort und Stelle in elektrische Energie umgewandelt und über Seekabel an Land geschickt. Wenn die Gasblase erschöpft ist, brauchte das Kraftwerk nur zur nächsten Fundstelle zu schwimmen.

Es soll an dieser Stelle nicht verschwiegen werden, daß die zahlreichen Bohr- und Fördermaßnahmen die Gefahr der Meeres- und Küstenverschmutzung bedrohlich gesteigert haben.

Energie aus dem Meer

Eine unerschöpfliche Energiequelle bildet das Meer durch seine Wellen-, besonders aber durch seine **Gezeitenkräfte**. Dennoch dachte man bis vor wenigen Jahrzehnten kaum an eine technische Realisierung, bis in der Gegenwart die Energiereserven knapp zu werden begannen. Jetzt besann man sich auf Möglichkeiten zum Bau von **Gezeitenkraftwerken**. Voraussetzung dafür ist ein besonders hoher Tidenhub, wie etwa an der französischen Atlantikküste.

Eine Versuchsanlage wurde in Frankreich an der **Rance-Mündung bei St. Malo** errichtet. Dabei wurde der Mündungstrichter durch einen Damm vom offenen Meer getrennt. In den Damm wurden 24 Generator-Turbinen eingebaut. Bei Flut strömt Wasser aus dem Atlantik in die Flußmündung hinein und treibt die Generator-Turbinen an – es wird Strom erzeugt. Bei Ebbe ist der Wasserstand der Rance-Mündung höher als der Meeresspiegel: Das Wasser strömt in der Gegenrichtung durch die Turbinenkammern zurück ins Meer und erzeugt wiederum Strom.

Wenn sich die Versuchsanlage von St. Malo bewährt, soll auch die benachbarte Bucht von St. Michel abgedämmt werden. Hier könnte dann ein Gezeitenkraftwerk errichtet werden, das die Hälfte des gesamten französischen Strombedarfs decken könnte.

Einen Nachteil haben Gezeitenkraftwerke allerdings: Durch den Gezeitenrhythmus schwankt die Energieabgabe, und es gibt noch keine vollkommene Möglichkeit, die elektrische Energie zu speichern.

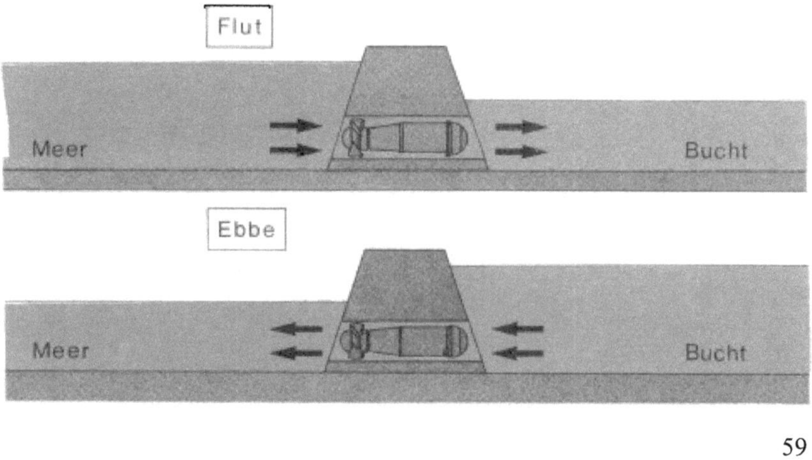

Wirkungsweise eines Gezeitenkraftwerks:
Wenn die Flut steigt, strömt das Wasser vom Meer her durch die Turbinen, auch bei Ebbe wird das abfließende Wasser zum Antrieb der Generatoren genützt.

Süßwasser aus Salzwasser

Auf den Kontinenten steigt allmählich der Wasserbedarf für Menschen, Landwirtschaft und Industrie. Das Süßwasser wird knapper, Meerwasser gäbe es genug, doch es ist wegen seines Salzgehalts als Brauchwasser nicht verwendbar.

So hat man verschiedene Verfahren entwickelt, das Meerwasser zu entsalzen und damit in Süßwasser umzuwandeln, hier die drei wesentlichen:

1. Man läßt Meerwasser verdunsten und fängt das abgekühlte (salzlose) Kondenswasser auf. Diese Methode braucht viel Wärmeenergie, lohnt sich aber in Ländern mit großen Unterschieden zwischen Tages- und Nachttemperaturen, z. B. in Arabien.
2. Wasser und Salz werden elektrolytisch getrennt. An den Elektroden der Stromquelle lagern sich die im Meerwasser enthaltenen Salze ab. Zurück bleibt das Süßwasser. Nachteil: Hoher Strombedarf.
3. Vorläufig noch im Projektstadium: Man könnte arktische und antarktische Eisberge in wärmere Gegenden schleppen und dort abtauen (Eisberge bestehen bekanntlich aus Süßwasser).

Auch wenn das aus Meerwasser gewonnene Süßwasser sehr teuer ist, wird das in bestimmten, wasserarmen Regionen in Kauf genommen. Kuweit deckt seinen Wasserbedarf bereits weitgehend aus Entsalzungsanlagen, ebenso wie die Stadt Key West in Florida. Eine deutsche Versuchsanlage wurde in Hörnum auf Sylt in Betrieb genommen. Man denkt außerdem daran, den aus Kernenergie gewonnenen preisgünstigeren Strom für Meerwasserentsalzung einzusetzen.

Meeresnutzung und Seerecht

Ursprünglich gab es nur die sogenannte **3-Meilen-Zone** vor den Küsten der Anliegerstaaten, die zum jeweiligen Staats- und Hoheitsgebiet zugerechnet wurden. Für das gesamte übrige Seegebiet galt die »Freiheit der Meere«.

Diese Freiheit kam ins Wanken, als die Erträge des Fischfangs zurückgingen und die Interessen der Öl suchenden Länder miteinander in Konflikt gerieten. Seit einigen Jahren bemüht man sich in internationalen Verhandlungen, Vereinbarungen über **erweiterte Hoheitsgewässer**, **Wirtschaftszonen** und **Fangquoten** zu erzielen.

Im wesentlichen geht es um folgendes:

1. Erweiterung der Hoheitsgewässer von drei Seemeilen auf zwölf Seemeilen,
2. Ausbeutung der Meeresschätze durch den jeweiligen Küstenstaat in einer Wirtschaftszone von 200 Seemeilen (mit Festlandsockel bis 350 sm).
3. Schaffung einer internationalen Meeresbodenbehörde. die den Rohstoffabbau in der offenen See regeln soll.

Sicherlich sind diese Regelungen und Absichten von vornherein konfliktträchtig. Man sollte versuchen, soviel wie möglich an Übereinstimmung zu erzielen, anstatt weite Teile des Ozeans zu nationalisieren.

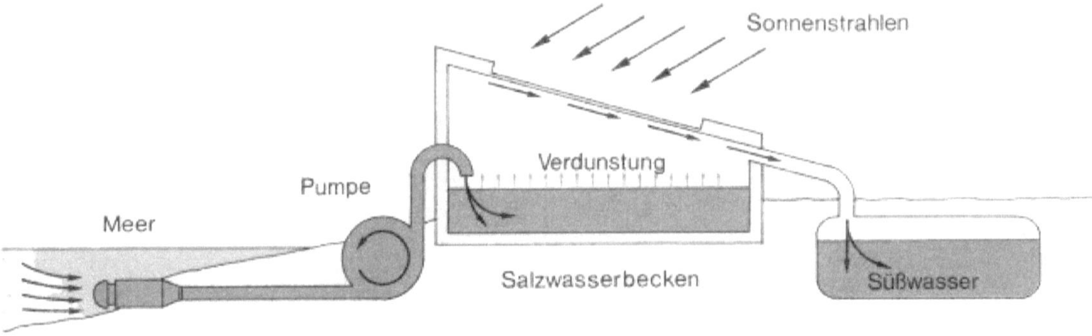

Funktion einer Meerwasser-Entsalzungsanlage

Zukunft der Meere – Zerstörung der Meere?

Es ist merkwürdig: Die Erforschung des Weltraumes hat von den ersten Stunden des Sputnik bis zum heutigen Tag das spontane Interesse von Millionen Menschen gefunden. Die Massenmedien feiern jeden Vorstoß ins All als wissenschaftliche und technische Großtat ersten Ranges.

Meeresforschung und -nutzung vollziehen sich dagegen mehr in der Stille. Nur wo es um handfeste maritime Wirtschaftsinteressen geht, um Ölbohrungen oder Fischfang, werden die Stimmen etwas lauter.

Dabei könnte die Zukunft der Meeresnutzung bald beginnen, glaubt man den Futurologen. Einzelne Möglichkeiten aus dem Ideenkatalog des bekannten amerikanischen Meeresforschers **Momsen** klingen teils realistisch, teils utopisch:

- Im nächsten Jahrhundert könnte es U-Boote geben, die mit Hunderten von Passagieren und mindestens 360 km/h den Atlantik unterqueren.
- Submarine Schleppzüge könnten mit umfangreichen Frachten und Geschwindigkeiten um 120 km/h den Nordpol unterqueren. Die so verkürzten Frachtwege würden die Frachtkosten erheblich senken.
- Die Ernährung der Weltbevölkerung könnte durch Fischfarmen gesichert werden. Wartung, Bewachung und »Ernte« sollten Kleinst-U-Boote übernehmen.
- Großkraftwerke auf dem Meeresgrund könnten elektrische Energie aus Meeresbewegungen und -strömungen gewinnen.
- Unterwasser-Bergwerke könnten die Rohstoffe des Meeresgrundes abbauen.
- Mit Hilfe von entsalztem Meerwasser würden die Wüsten der Erde in fruchtbares Ackerland verwandelt werden.

Darüber hinaus denkt man bereits »laut« über ein Leben unter Wasser nach, über Siedlungen unter der Meeresoberfläche. In Japan, wo die Raumknappheit beängstigend geworden ist, projektiert man eine Vorstadt Tokios auf dem Meeresboden vor der Küste.

Auch über künstliche Inseln diskutiert man schon. Sie könnten aus Kunststoff hergestellt, ins Meer hinausgeschleppt und dort verankert werden. Auf diesen Inseln könnte man Hafenanlagen errichten, Läden und Wohnsiedlungen für Menschen, die bei der Meeresnutzung unmittelbar tätig sind.

Doch allein die Erforschung solcher Zukunftsmöglichkeiten kostet ungeheure Summen, und es werden sicher noch einige Jahrzehnte vergehen, bis nur ein kleiner Teil dieser Ideen realisiert ist.

Dazu kommt noch eine durchaus begründete Sorge: Werden die Meere überhaupt eine Zukunft haben?

Jacques Cousteau hatte 1972 vorausgesagt: »In zwanzig Jahren sind die Meere tot!«

Er dachte dabei sicher an die Industrieabwässer, welche die Flüsse und Ströme ins Meer schwemmen, an die Ölteppiche, die die Großtanker und Ölbohrstellen auf den Meeren verursachen und damit die Lebenswelt unserer Küsten- und Wattgebiete zerstören. Vielleicht dachte Cousteau auch an den Atom- und Chemiemüll, der tonnenweise im Meer als einer billigen Deponie verschwindet.

Von der internationalen Zusammenarbeit der Staaten wird es abhängen, daß es nicht soweit kommt, wie es von vielen Wissenschaftlern befürchtet wird. Denn von der zukünftigen Nutzung der Meere wird das Überleben großer Teile der Menschheit abhängen.

Das Meer muß als vielleicht letzte Reserve an Nahrung und Rohstoffen lebensfähig erhalten werden.

Auch diese nordische Tauchente wurde ein Opfer der Ölpest.

Sachregister